KB032854

리버스 슬러거

리버스 슬러거 2

한승현 장편소설

초판 1쇄 찍은 날 | 2018년 6월 8일
초판 1쇄 펴낸 날 | 2018년 6월 18일

지은이 | 한승현
펴낸이 | 예경원

기획 | 위시북스
편집책임 | 이규재
편집 | 이즈플러스

펴낸곳 | 예원북스
등록번호 | 제396-2012-000132호
등록일자 | 2012. 7. 25
KFN | 제1-267호

주소 | 경기도 고양시 일산동구 호수로 646-24 위너스21Ⅱ빌딩 206A호 (우)10401
전화 | 031-819-9431 팩스 | 031-817-9432
E-mail | yewonbooks@naver.com

ISBN 979-11-6098-994-6 04810
     979-11-6098-992-2 (set)

리버스 슬러거

CONTENTS

7장
저 녀석 누구야?

1

황금사자기 4강전(5월 21일)

1차전 광주 동선 고등학교 vs 경복 고등학교(12:00)

2차전 덕호 고등학교 vs 서린 고등학교(15:00)

"올해는 정말 만만치가 않은데?"

"그러게 말이에요. 강호들이 초반에 떨어져서 걱정 많이 했었는데 이 정도면 충분히 흥행하겠는데요?"

대진표를 본 기자들은 하나같이 감탄을 터뜨렸다. 서린 고등학교를 비롯해 동선 고등학교와 경복 고등학교, 덕호 고등학교까지 그야말로 올라올 만한 팀들이 올라와 있었다.

서린 고등학교는 굳이 설명이 필요 없는 고교 최강이었다. 최근 3년간 해마다 2개 이상의 전국 대회에서 우승을 차지했다. 또한 같은 기간 참여한 모든 대회에서 8강 이상의 성적을 거두었다.

지난해에는 우승 3회에 준우승 2회, 4강 2회라는 압도적인 성적으로 타 고교 감독들을 도리질 치게 만들었다. 심지어는 서린 고등학교가 한국 대표로 아시아 청소년 야구 선수권 대회에 참가하는 거 아니냐는 우스갯소리마저 나돌았다.

비록 올해 전력이 역대 최강이라 불렸던 작년만은 못하다지만 여전히 서린 고등학교는 전국 대회 우승 1순위로 꼽히고 있었다.

하지만 그렇다고 해서 서린 고등학교가 무난하게 우승을 차지할 거라 생각하는 기자는 단 한 명도 없었다.

덕호 고등학교는 서린 고등학교의 라이벌로 통했다. 서린 고등학교가 고교 최강으로 부상하기 전까지 서울 지역 최강이라는 이미지는 덕호 고등학교가 차지하고 있었다.

결승전에서 맞붙게 될지 모르는 동선 고등학교는 광주인고, 군상고, 정주고와 함께 호남 지역 빅4로 꼽히고 있었다.

작년에는 청룡기와 협회장기를 제외하고 이렇다 할 성적을 내지 못했지만 언제든 우승을 노릴 수 있는 저력이 있는 팀이었다.

동선 고등학교와 맞붙는 경복 고등학교는 명실공히 대구 경북 지역 최강자였다. 근래 들어 예전만 못하다는 평가를 받고 있긴 하지만 특유의 장타력 있는 타선은 올해도 가공할 만하다는 평가를 받고 있었다.

기자들은 이 중 누가 우승을 차지해도 이상할 게 없다며 입을 모았다. 그러면서도 조심스럽게 학교 간 상성과 전력, 분위기 등을 언급하며 승패를 점쳤다.

경복 고등학교와 동선 고등학교 간의 대결은 경복 고등학교가 유리할 거란 전망이 우세했다. 동선 고등학교의 에이스 양현민이 장염 증상을 보이며 등판이 불투명해졌기 때문이다.

"나머지 선발은 불안해. 양현민이 아니면 경복 타선을 막기 어려울 거라고."

"게다가 경복이 선공이잖아? 앞선 경기들처럼 초반에 몰아쳐 버리면 동선도 어쩌지 못할 거야."

반면 서린 고등학교와 덕호 고등학교 간의 맞대결에 대해서는 의견이 분분했다.

"덕호하고 서린은 아무래도 서린이 유리하겠지?"

"무슨 소리야? 서린 선발이 누구인지 몰라?"

"그야 김진태가 나오겠지."

"아니, 서린 쪽 학부형한테 들었는데 김진태가 아니라 김성찬이라던데?"

"뭐? 김성찬? 김운태 감독 미친 거 아냐?"

"하지만 뭐, 결승을 생각한다면 그럴 수도 있잖아. 안 그래?"

"뭐가 그럴 수도 있어? 준결승에서 지면 아무 의미가 없는데!"

"그래도 마운드가 높은 덕호보다는 타선이 좋은 경복이나 동선 쪽에 김진태를 맞추는 게 맞지 않아?"

"덕호가 에이스 카드를 아낄 만큼 만만한 상대야? 까놓고 말해서 전력은 서린 다음이잖아?"

"마운드만 놓고 보자면 서린보다는 덕호가 더 낫지."

"솔직히 김진태보다는 최정환이잖아. 안 그래?"

"누가 그래? 최정환이 김진태보다 낫다고?"

"김진태는 지금껏 보여준 게 뭐야? 서린 고등학교 에이스 자리 물려받았다는 걸로 뜬 것뿐이잖아? 하지만 최정환은 작년 초반부터 에이스로 활약했다고."

"그건 덕호 고등학교 마운드가 개판이었으니까 가능했던 거고."

"어쨌든 김진태가 나오지 않는다면 덕호에게 유리한 게임이야. 서린의 그 잘난 홍콩포도 최정환에게는 힘들 거라고."

"HK포라는 멀쩡한 이름 놔두고 왜 자꾸 홍콩포래? 어쨌든 두고 봐. 누가 이기나."

서린 고등학교가 이번 황금사자기에서 보여준 공격력은 어마어마했다. 3경기에 31득점. 황금사자기에 참가한 학교들 중 유일하게 경기당 10득점을 넘어섰다.

하지만 절반에 가까운 기자가 서린의 황금사자기는 여기까지라고 단언해 버렸다. 이유는 간단했다. 결국 야구는 투수놀음이라는 것이었다.

3라운드에서 강호 북인 고등학교를 상대로 수준급 피칭을 선보이긴 했지만 냉정하게 말해 김성찬은 김진태만 못했다. 구속부터 시작해 구위, 결정구, 자신감, 경험, 배짱에 이르기까지 무엇 하나 김진태보다 나은 게 없었다.

반면 덕호 고등학교 에이스 최정환은 기자들 사이에서 김진태보다 한 수 위라는 평가가 자자했다. 그래서 강승혁과 함께 해외 진출 가능성이 가장 높은 선수로 꼽히고 있었다.

"서린을 등에 업은 김진태와 최정환의 싸움이라면 서린 고등학교가 조금 유리할지 몰라. 하지만 김진태 없는 서린과 최정환이 맞붙으면 이건 최정환이 이겨. 내 말 못 믿겠으면 내기를 걸어도 좋아."

고교 야구 기자 경력 15년의 고강식 기자가 판을 벌이자 다른 기자들도 앞다투어 내기 판에 끼어들었다.

"이걸 다시 나누기는 그러니까 이긴 쪽 술값으로 쓰는 거

어때?"

"좋아, 콜."

"서린 덕분에 야무지게 마셔보자!"

"무슨 헛소리야? 내일은 덕호가 이겨. 확실하다니까?"

"자, 자. 지금이라도 갈아탈 사람 있으면 갈아타라고."

"어어, 최 기자! 지금 뭐하는 거야? 설마 바꾸려는 건 아니지?"

"넘어와, 최 기자. 덕호라니까. 서린은 끝났어."

자리한 30명의 기자 중 서린 고등학교 쪽에 돈을 건 이들은 13명. 나머지 17명은 덕호 고등학교의 승리를 점쳤다.

"이거 숫자가 너무 많은데, 우리끼리 다시 한번 내기할까?"

"점수 차이 맞히기 어때요?"

"점수 차 좋네. 3점 차 미만, 7점 차 이상, 그 중간. 이렇게 가지?"

덕호 고등학교 쪽 기자들은 다시 자신들끼리 모여 판을 키웠다. 그러나 그 화기애애하던 분위기는 다음 날 경기 시작 10분도 지나지 않아 깨져 버렸다.

따악!

묵직한 파열음이 경기장을 울렸다. 뒤이어 덕호 고등학교의 중견수 민병호가 미친 듯이 펜스 쪽으로 내달리기 시작했다.

"잡아!"

"잡으라고!"

덕호 고등학교 쪽에 배팅한 기자들이 벌떡 일어나 악을 내질렀다. 덕호 고등학교 민병호 하면 빠른 발과 넓은 수비 범위로 유명했지만 이번 타구를 잡기에는 아슬아슬하게 느껴졌다.

반면 서린 고등학교의 승리를 찍었던 기자들은 입가에 미소를 그리며 여유롭게 상황을 지켜봤다.

"넘어간 거 같은데?"

"그렇지? 전광판이지?"

"역시 한뚱이라니까? 센터 쪽으로 날아왔다 하면 전광판이야."

"오오, 뻗는다! 뻗어!"

높게 치솟았던 타구가 마지막 순간 바람을 탔다. 그리고는 민병호의 머리 위를 지나 전광판 상단을 직격하고 떨어졌다.

"허……."

평범한 플라이겠거니 했던 최정환이 어이없다는 표정을 지었다. 미완성이긴 하지만 이번 포크볼은 나쁘지 않았다. 강승혁이라면 몰라도 1학년인 한정훈이 때려낼 수 있는 공은 아니라고 확신했다.

그런데 한정훈은 기다렸다는 듯이 포크볼을 걷어 올렸다. 그것도 히팅 포인트를 앞쪽으로 끌고 나와서 공략한 게 아니었다. 충분히 떨어지기를 기다린 뒤 정확하게 방망이 중심에 얹어 걷어 올려 버렸다.

─넘어간다! 넘어간다! 넘어어어! 간드아아아! 한정훈! 선제 솔로 홈런을 터뜨립니다!

─대단하네요, 한정훈 선수. 이번 대회 8호 홈런인데요.

─스코어 1 대 0. 서린 고등학교가 1회부터 기선을 제압합니다!

─한정훈 선수, 이번 홈런으로 박병오 선수가 달성했던 4연타석 홈런과 타이기록을 세웠네요.

─네, 광주 인성 고등학교전에서 경기 후반 3연타석 홈런을 때려냈었는데요. 첫 타석에서 홈런을 때려내며 연타석 홈런 기록을 한 타석 더 늘려가게 됐습니다.

─만약 다음 타석에서도 홈런이 나온다면 5연타석 홈런인데요.

─고교 야구 사상 유례가 없는 대기록이죠?

─4강전이고 투수가 최정환 선수니까요. 충분히 노려볼 만

한 기록이라고 생각됩니다.

　─포수 박해수 선수, 잠시 마운드를 다녀가는데요.

　─다음 타자가 4번 타자 강승혁이니까요. 침착하라는 주문을 한 것 같습니다.

　─최정환 선수도 오늘 경기 전까지 14이닝 무실점 호투를 펼치고 있었는데요.

　─기분이 나쁘겠지만 훌훌 털고 이겨내야 합니다. 토너먼트예요. 개인 성적보다는 팀의 승리가 우선입니다.

　중계진의 말을 듣기라도 한 듯 최정환은 강승혁을 1루 땅볼로 돌려세우고 이닝을 마쳤다.

　투구수는 총 13개.

　한정훈에게 홈런을 맞은 걸 빼고는 나무랄 데 없는 피칭이었다.

　최정환의 호투는 2회에도 계속됐다. 선두 타자 나승진을 중견수 플라이로 잡아낸 뒤 안시원과 이명수를 유격수 땅볼로 유도하며 삼자범퇴로 이닝을 마쳤다.

　3회에는 2사 이후 발이 빠른 최주찬에게 유격수 깊숙한 내야안타와 도루까지 허용하며 잠시 위기를 맞았지만 2번 타자 송민호를 풀카운트 접전 끝에 삼진으로 잡아내고 추가 실점 없이 마운드를 내려왔다.

최정환이 마운드에서 중심을 잡아주자 덕호 고등학교 타자들도 힘을 냈다.

2회 말 4번 타자 이영호의 2루타와 5번 타자 송인섭의 안타로 동점을 만든 뒤 3회 말 1사 후 1번 타자 민병호의 볼넷과 3번 타자 박인주의 안타로 경기를 뒤집어 버린 것이다

"이제 됐어."

2 대 1로 바뀐 전광판을 바라보며 덕호 고등학교 김재학 감독이 고개를 주억거렸다. 고작 한 점 차 리드에 불과했지만 마운드 위의 투수가 에이스 최정환이라면 승산은 충분해 보였다.

최정환은 현 고교 야구 투수 빅5 중에서도 가장 단단한 심장을 가졌다고 평가받고 있었다. 최고 구속 153㎞/h에 배짱이 두둑해 박빙의 승부를 즐길 줄 알았다. 게다가 상대가 강할수록 집중하는 스타일이었다.

"다음 이닝만 잘 넘기면 될 것 같습니다."

조상우 수석 코치도 웃으며 한마디 거들었다. 3번 타순부터 시작되는 4회 초만 조심한다면 이 분위기 그대로 경기 후반까지 끌고 갈 수 있을 것 같았다.

"참, 저쪽 3, 4번을 뭐라고 한다고 했지?"

"영문 이니셜 앞 글자를 따서 HK포라고 합니다."

"HK포? 그거 아닌 거 같던데?"

"아, 홍콩포라고 들으셨나 보네요."

"어, 그래. 홍콩포. 그건 또 왜 홍콩포야?"

"짓궂은 네티즌들이 한정훈하고 강승혁이 홈런 때릴 때마다 지린다고들 해서 그렇게 와전된 모양입니다."

"암튼 요즘 말들은 이해가 잘 안 된다니까."

"저도 마찬가집니다. 가끔 애들끼리 떠드는 소리도 잘 못 알아듣겠던데요, 뭘."

"그건 그렇고, 서린 고등학교가 자랑하는 홍콩포도 별거 아니네."

"전 서린 고등학교도 별거 아닌 거 같은데요."

"하하. 이 사람도 참. 감독인 내가 막 나가면 좀 말려주고 그래야지."

"항상 옳은 말씀만 하시는데요, 뭘."

"어쨌든 한정훈을 3번에 기용한 건 김운태 감독의 패착이야. 1학년이 쳐 봐야 얼마나 친다고. 안 그래?"

김재학 감독이 벌써부터 승장이라도 되는 것처럼 거들먹거렸다. 그러자 조상우 수석 코치가 냉큼 장단을 맞췄다.

"그럼요. 어차피 경기는 3학년들이 하는 건데 1학년 내세워서 기를 죽이면 나올 성적도 안 나올 겁니다."

"지금까지 나온 홈런들도 얍보다 얻어맞은 것들뿐이잖아?"

"아마 오늘 경기 이후로 거품이 쫙 빠지겠죠."

"어쨌든 정환이가 이번에는 봐주지 말고 삼진으로 잡아냈으면 좋겠어."

김재학 감독의 시선이 마운드로 향했다. 공수가 교대되면서 마운드 위에는 눈에 넣어도 아프지 않을 사랑스러운 에이스, 최정환이 서 있었다.

"정환이 지금까지 투구수가 몇 개지?"

"38구입니다. 안타 두 개 맞은 것 빼고는 오늘도 잘 던지고 있습니다."

"콜드게임으로 끝나면 좋겠지만 그건 어려울 테고 7회까진 끌고 가도 되겠지?"

"한계 투구수를 90구 정도로 잡았으니까 충분할 것 같습니다."

"그래, 그래. 메이저리그 스카우터들도 보고 있는 거 같은데 7회까진 던지게 해줘야지."

김재학 감독은 이번 기회에 최정환이 메이저리그 스카우터들의 눈도장을 확실히 받길 바랐다.

하지만 정작 최정환은 메이저리그 스카우터들보다 다른 사람에게 시선이 팔려 있었다.

'왔다!'

관중들 사이에서 누군가를 발견한 최정환이 눈을 반짝였다. 짙은 선글라스를 쓰고 있었지만 이번에 청소년 야구 대표팀 감독으로 선임된 박찬오 감독이 틀림없어 보였다.

"후우……. 침착하자, 침착해. 분명 아까 얻어맞은 홈런은 못 봤을 거야."

최정환은 길게 숨을 골랐다. 자신에게서 이번 대회 첫 홈런을 빼앗은 한정훈이 타석에 들어섰지만 신경 쓰지 않았다. 애써 무덤덤한 얼굴로 포수 박해수의 사인을 기다렸다.

박해수는 초구에 바깥쪽으로 빠져나가는 포심 패스트볼을 요구했다. 1학년이긴 해도 한정훈과 조심스럽게 승부하자는 이야기였다.

하지만 최정환은 단호하게 고개를 흔들었다.

'도망치지 마. 박찬오 선배님이 보고 계시다고.'

당황한 박해수는 다시 바깥쪽 체인지업 사인을 냈다. 그래도 최정환이 고개를 젓자 코스를 몸 쪽으로 돌렸다.

최정환은 그제야 고개를 끄덕였다. 그러고는 박해수의 미트를 향해 힘껏 공을 내던졌다.

퍼엉!

날카롭게 파고든 공이 그대로 박해수의 미트를 흔들었다.

"스트라이크!"

구심이 가볍게 오른팔을 들어올렸다.

'초구에 슬라이더라. 그럼 승부를 보겠다는 소리겠지?'

한정훈은 타석에서 한 발 물러나 장갑을 고쳐 끼었다. 최정환이 승부를 피한다면 욕심 부리지 않고 볼넷을 고를 생각이 있는데 분위기를 보아하니 치고 나가야 할 것 같았다.

'초구에 스트라이크를 잡았으니 2구째는 유인구를 던지겠지. 바깥쪽으로 떨어지는 체인지업이나 몸 쪽 포크볼. 둘 중 하나일 거야.'

생각을 정리한 뒤 한정훈이 다시 타석에 들어섰다. 느낌상 몸 쪽 포크볼보다는 바깥쪽으로 형성된 체인지업이 들어올 가능성이 높아 보였다.

하지만 최정환의 손끝을 빠져나간 공은 총알처럼 날아가 바깥쪽 스트라이크존을 정확하게 스치고 지나가 버렸다.

"스트라이크!"

구심이 다시 한번 오른손을 들어올렸다. 뒤이어 전광판에 154㎞/h라는 숫자가 떠올랐다.

-최정환! 바깥쪽 꽉 찬 속구로 한정훈을 꼼짝 못 하게 만들었습니다.

-전광판에 찍힌 구속이 무려 154㎞인데요. 최정환 선수. 최고 구속이 153㎞였던 것으로 알고 있었는데 대단합니다.

-공식 경기에서의 최고 구속은 153㎞지만 비공식적으로는 155㎞ 이상도 나온다고 합니다.

-어쨌든 앞서 홈런을 허용한 한정훈 선수를 상대로 자신감

넘치는 피칭을 이어가는 모습은 보기 좋습니다.

중계진은 최정환의 공격적인 피칭을 극찬했다. 경기를 지켜보던 기자들도 최정환이 공 두 개로 투 스트라이크를 잡아낸 만큼 이번 대결에서는 최정환이 승리를 거둘 것이라 내다봤다.

하지만 정작 한정훈은 아무렇지도 않은 얼굴로 타석에 들어섰다. 그리고 3구째 몸 쪽으로 떨어지는 포크볼을 침착하게 지켜본 뒤 4구째 바깥쪽을 살짝 벗어나는 포심 패스트볼까지 걸러내며 분위기를 반전시켰다.

투 스트라이크 노 볼이던 볼카운트가 투 스트라이크 투 볼로 바뀌었다. 자연스럽게 최정환―박해수 배터리의 표정이 굳어졌다.

'뭐 이런 새끼가 다 있지?'

포수 박해수가 어이없는 얼굴로 한정훈을 바라봤다.

최정환이 3구째 던진 포크볼은 결정구였다. 스트라이크존으로 들어오다가 마지막 순간에 뚝 하고 떨어져 내리는, 투 스트라이크 이후에 몰린 타자에게서 삼진을 잡는 공이었다.

포크볼 사인을 내면서 박해수는 머릿속으로 3구 삼진을 그렸다. 8개의 홈런을 때려냈다고는 하지만 한정훈은 아직 1학년에 불과했다. 경험이 부족한 만큼 포크볼을 접한 기회가 적을 수밖에 없었다.

게다가 앞선 타석에서 운 좋게 포크볼을 걷어 올려 홈런을 때려냈으니 또다시 포크볼이 날아들면 앞뒤 재보지 않고 무조건 달려들 거라 여겼다.

그러나 박해수의 기대와는 달리 한정훈은 무심한 얼굴로 공을 지켜보았다. 오른발을 뻗어 타이밍을 맞추다가 포크볼인 것을 알고는 그대로 타격 동작을 멈춰 버렸다.

그래서 박해수는 두 번째 미끼를 던졌다. 2구보다 공 두 개 정도 빠지는 포심 패스트볼. 이 공이라면 한정훈도 방망이를 내밀지 않을 수가 없을 거라고 생각했다.

하지만 한정훈은 이번에도 눈 하나 깜짝하지 않고 공을 흘려보냈다. 마치 유인구가 들어올 거라는 확신이라도 한 것처럼 말이다.

'하나 더 빼볼까?'

박해수는 다시 한번 한정훈을 속여보고 싶은 욕심이 치밀었다. 스트라이크존을 살짝 벗어나는 몸 쪽 슬라이더나 바깥쪽 체인지업을 던졌을 때도 한정훈이 버틸 수 있을지 궁금해졌다.

그러나 최정환은 단호하게 고개를 저었다. 박찬오 감독이 지켜보고 있는데 고작 1학년을 상대로 풀카운트 승부를 펼치고 싶진 않았다.

'좋아, 그렇다면…….'

잠시 고심하던 박해수가 또다시 포크볼 사인을 냈다.

코스는 바깥쪽.

마치 서클 체인지업처럼 좌타자의 바깥쪽으로 꼬리를 말고 떨어지는 포크볼이라면 최소한 범타를 유도해 낼 수 있다고 판단했다.

사인을 확인한 최정환도 고개를 주억거렸다. 그렇지 않아도 포크볼 그립을 쥐고 있었다. 앞서 얻어맞긴 했지만 이런 순간에 던질 수 있는 건 역시나 결정구밖에 없었다.

"후우……."

길게 숨을 고른 뒤 최정환이 힘차게 투구판을 박찼다.

후앗!

최정환의 손끝을 빠져나간 공이 홈플레이트를 향해 빠르게 날아들었다. 그와 동시에 한정훈은 가볍게 들어올린 오른발을 내디디며 방망이를 끌어냈다. 그러다 포심 패스트볼과는 다른 공의 회전을 알아채고는 오른 무릎에 단단히 힘을 주었다.

김운태 감독과 함께 온 김명식 작전 코치의 정보에 따르면 최정환의 포심 패스트볼의 평균 구속은 147㎞/h 정도였다. 반면 포크볼은 135㎞/h 전후로 형성되었다.

구속 차이는 대략 13㎞/h 정도.

시속으로 환산하면 차이가 크지만 실제 타석에서 느끼는 구속의 차이는 미세했다.

하나, 둘, 셋에 때릴 공을 하나, 둘, 세엣에 때리는 정도.

그 차이를 극복하기 위해 어프로치 타이밍을 살짝 늦춘 것이다.

후웅!

포심 패스트볼에 맞춰 시동을 걸었던 방망이가 반 박자 늦게 허리를 빠져나왔다.

그러고는.

따악!

홈플레이트 앞쪽에서 뚝 하고 떨어지는 공을 그대로 하늘 높이 걷어 올렸다.

"잡았다!"

최정환은 검지를 하늘 위로 들어올렸다. 방망이에 걸리긴 했지만 타격음으로 보아 멀리 뻗지는 못할 것이라고 여겼다.

중견수 민병호도 거의 제자리에서 낙구 지점을 잡았다.

하지만 높이 치솟은 타구는 쉽게 떨어질 기미를 보이지 않았다. 오히려 계속해서 뻗어오더니 당황한 민병호를 워닝 트랙 앞까지 밀어냈다.

"넘어가지 마라! 넘어가지 마!"

펜스 앞에서 점프를 준비하며 민병호가 간절히 중얼거렸

다. 지금이라도 타구가 뚝 떨어져 준다면 몸을 날려서라도 어떻게든 잡아낼 생각이었다.

그러나 타구는 그대로 전광판 오른쪽을 스쳐 지나 외야 불펜 쪽으로 사라져 버렸다.

홈런.

1루심의 수신호를 확인한 한정훈이 1루를 지나 천천히 2루 베이스로 몸을 돌렸다.

–넘어간다! 넘어간다! 넘어어어! 간드아아아아! 한정훈! 최정환을 상대로 동점 솔로포를 터뜨립니다!

–앞선 경기까지 포함하면 5연타석 홈런인데요. 박병오 선수가 세우던 4연타석 홈런 기록을 갈아치워 버렸네요.

–한정훈 선수, 정말 대단합니다! 상대가 덕호 고등학교 에이스 최정환인데요!

–그것도 최정환이 자랑하는 포크볼을 받아넘겼습니다. 정말이지 어디서 이런 괴물 같은 선수가 나왔는지 모르겠습니다.

중계석만큼이나 기자들도 흥분을 감추지 못했다.

"허, 봤어?"

"와……. 나 지금 완전 소름 돋았어."

"나도나도. 여기 봐. 닭살 돋은 거 보여?"

"최 형, 좀 씻고 다녀. 이건 각질이잖아."

"어쨌든 한정훈 저 녀석, 진짜 물건은 물건이다. 안 그래?"

서린 고등학교의 승리를 점쳤던 기자들은 하나같이 감탄을 터뜨렸다.

"젠장. 저 녀석, 대체 정체가 뭐야?"

"방금 공도 포크볼이었지? 진짜 최정환이 강승혁도 아니고 1학년한테 이렇게 탈탈 털릴 거라고는 생각도 못 했다."

덕호 고등학교의 결승행을 바랐던 기자들도 한정훈의 괴력에 고개를 절레절레 흔들어 댔다.

최정환의 투구를 지켜보기 위해 경기장을 찾았던 메이저리그 스카우터들의 반응도 별반 다르지 않았다.

"와우, 저 녀석 또 때려냈어!"

"대체 뭐지? 저 녀석 이상한 방망이를 쓰는 거 아닐까?"

"하하. 마이크, 한에게 그런 말은 실례라고."

"그래, 맞아. 한은 지난 경기에서도 홈런을 3방이나 때려 냈어."

"3방? 그럼 두 경기 동안 홈런을 5개나 쳐 낸 거야? 혹시 저 녀석 이름이 강 아냐?"

"정확하게는 4경기 동안 9개야. 그리고 한은 한이지 강이 아니야. 네가 말하는 강은 이제 등장하고 있다고."

메이저리그 스카우터들의 시선이 또 다른 관찰 대상, 강승혁에게 향했다.

그 순간.

따악!

강승혁이 최정환의 초구를 받아쳐 좌중간에 큼지막한 타구를 때려냈다.

"2루! 2루!"

"빨리! 바로 던져!"

에이스 최정환이 연달아 안타를 허용했지만 덕호 고등학교 야수들은 당황하지 않고 기민하게 움직였다.

중견수 민병호가 타구를 잡고 2루수 박인주에게, 그리고 다시 유격수 주민호에게. 군더더기 없는 중계 플레이로 헤드 퍼스트 슬라이딩까지 시도한 강승혁을 주루사 직전까지 몰아붙였다.

"후우……."

가까스로 목숨을 부지한 강승혁이 가슴을 털며 자리에서 일어났다. 그리고 타임을 부른 뒤 1루 베이스 코치로 나와 있는 김호식 타격 코치에게 다가갔다.

"코치님, 제가 잘못 친 건가요?"

"아니, 잘했어. 잘 쳤다."

강승혁은 한정훈처럼 타구를 담장 밖으로 넘기지 못한 이유를 알고 싶었다. 하지만 김호식 코치는 무작정 4번 타자의 기를 북돋아주려고만 했다.

"이게 아닌데……."

다시 2루로 돌아온 강승혁이 답답한 얼굴로 고개를 흔들었다.

초구에 들어온 공은 몸 쪽 포크볼이었다. 노리던 포심 패스트볼은 아니었지만 거의 한복판으로 날아든 실투라 강승혁은 망설이지 않고 그대로 방망이를 내돌렸다.

앞서 한정훈이 포크볼을 담장 밖으로 넘겼으니 자신도 충분히 홈런을 때려낼 수 있다고 욕심을 부렸다. 그러나 생각보다 앞쪽에서, 그것도 방망이 끝 부분에 걸려 버린 공은 기대만큼 뻗어 나가지 못했다.

'조금 더 받쳐 놓고 때렸어야 했나…….'

아쉬움이 가득한 강승혁의 얼굴이 중계 카메라를 통해 잡혔다. 그러나 정작 중계진은 강승혁이 4번 타자로서 제 몫을 충분히 해주었다고 칭찬했다.

─강승혁! 흔들리는 최정환의 초구를 통타해 단숨에 역전의 발판을 마련했습니다!

─앞선 타석에서 당했던 포크볼이었는데요. 한복판의 실투를 놓치지 않았습니다.

-타구의 위치가 절묘했는데요.

　-코스도 코스지만 저는 강승혁 선수의 적극적인 주루 플레이를 칭찬해 주고 싶습니다. 하위 타선으로 찬스가 이어지는 상황에서 무사 1루와 무사 2루는 의미가 다르니까요.

　서린 고등학교 타자 중 최정환에게 안타를 때려낸 건 단 3명뿐이었다.

　한정훈과 최주찬 그리고 강승혁.

　나머지 타자들은 아직까지 최정환의 공에 제대로 타이밍을 맞추지 못하고 있었다.

　이런 상황에서 강승혁이 1루에 머물렀다면 5번 타자 나승진에게 작전이 걸릴 가능성이 높았다. 강승혁의 발이 빠른 건 아닌 만큼 희생번트를 통해 2루에 보내고 하위 타선에 적시타를 기대할 수밖에 없어 보였다.

　하지만 강승혁이 자력으로 2루에 나가면서 상황이 달라졌다.

　"삼진을 먹어도 좋으니 힘껏 돌려라. 알았지?"

　김운태 감독은 타석에 들어서려던 5번 타자 나승진을 불러 가볍게 어깨를 두드려 주었다. 병살타의 위험이 거의 사라진 만큼 나승진을 믿고 한번 맡겨보기로 결정한 것이다.

　"알겠습니다, 감독님."

심적인 부담이 줄어든 나승진은 최정환의 3구째 슬라이더를 밀어쳐 2루 쪽 땅볼을 굴렸다. 그리고 강승혁을 3루까지 진루시켰다.

계획대로 1사 3루 상황이 만들어지자 김운태 감독은 6번 타자 안시원에게 작전을 걸었다.

스퀴즈 번트.

딱.

작전 수행 능력만큼은 테이블 세터 못지않은 안시원이 초구부터 몸 쪽을 파고든 최정환의 포크볼에 정확하게 방망이를 가져다 댔다.

"젠장할!"

"홈으로! 빨리!"

스퀴즈 플레이를 미처 대비하지 못했던 덕호 고등학교 내야진은 우왕좌왕했다. 타이밍상 아웃카운트를 늘려야 했지만 점수를 내줘서는 안 된다는 압박감에 홈 승부를 벌이다 강승혁은 물론이고 안시원까지 살려주고 말았다.

"환장하겠군."

눈 깜짝할 사이에 경기가 뒤집히자 김재학 감독의 표정이 일그러졌다.

"죄송합니다. 스퀴즈에 대비를 시켰어야 했는데……."

조상우 수석 코치가 고개를 숙였다. 투수가 최정환이고 강승혁의 발이 느린 만큼 스퀴즈 플레이는 없을 거라고 판단했던 게 실수였다.

하지만 김재학 감독은 경기가 뒤집힌 원인을 다른 곳에서 찾았다.

"이게 다 저 녀석 때문이야."

김재학 감독이 못마땅한 얼굴로 한정훈을 노려보았다. 한정훈만 없었더라도 쉽게 풀릴 경기였다. 그런데 계산에도 없던 한정훈 때문에 엉망진창으로 변해 버렸다.

첫 타석의 홈런까지는 그럴 수 있다고 웃어넘겼다. 최정환이 결정구로 사용하는 포크볼은 양날의 검이었다. 제대로 떨어지면 타자들도 속수무책이지만 조금이라도 밋밋하게 들어가면 장타로 연결될 가능성이 높았다.

김재학 감독은 최정환이 한정훈을 만만하게 본 나머지 실투를 던지다 한 방 얻어맞았다고 생각했다. 그래서 자신의 결정구를 지나치게 맹신하는 최정환에게 이 홈런이 약이 됐을 거라 여겼다.

실제로 독기를 품은 최정환은 최주찬에게 내야안타를 허용하기 전까지 6타자를 연속 범타로 돌려세우며 기세를 높였다.

그러는 동안 타자들은 경기를 뒤집어주었다. 에이스가 안정을 되찾고 타자들이 분전하고 있으니 이 분위기대로라면 결승전에 올라가는 것도 시간문제일 것 같았다.

그런데 한정훈에게 두 번째 홈런을 얻어맞으면서 좋았던 분위기가 완전히 깨져 버렸다.

"정환이 저대로 놔둬도 괜찮겠어?"

김재학 감독이 신성인 투수 코치를 바라봤다. 그러자 신성인 투수 코치가 냉큼 고개를 주억거렸다.

"버틸 수 있을 겁니다."

"희망이야 확신이야?"

"1사 1루긴 하지만 하위 타순입니다. 정환이라면 충분히 막아낼 수 있을 겁니다."

신성인 투수 코치는 자신이 애지중지하던 최정환이 이대로 강판되는 걸 원치 않았다. 가능하다면 6회까지는 최정환에게 마운드를 맡겨두고 싶었다.

하지만 최정환은 좀처럼 평정심을 되찾지 못했다.

"볼!"

7번 타자 이명수를 풀카운트 접전 끝에 볼넷으로 내보내며 또다시 실점 위기를 자초했다.

"대체 뭘 하고 있는 거야? 박찬오 감독님이 보고 계시다고!"

최정환은 스스로를 질책했다. 한정훈에게 맞은 홈런이야 어쩔 수 없었다지만 그 이후의 투구들은 도저히 납득이 되지 않았다.

"침착하자. 침착해. 아직 한 점 차야. 얼마든지 뒤집을 수 있어."

최정환은 애써 흥분을 진정시켰다. 그리고 8번 타자 박지승을 3구 만에 포수 파울 플라이로 잡아내며 두 번째 아웃카운트를 잡아냈다.

9번 타자 홍일섭을 상대로도 초구와 2구에 포심 패스트볼을 찔러 넣어 투 스트라이크를 만들었다.

하지만.

후앗!

모처럼 던진 포크볼이 다시 한복판으로 몰리고.

딱!

홍일섭이 빗맞힌 타구가 홈플레이트를 때리고 높이 치솟으면서 상황이 다시 한번 꼬여 버렸다.

"제길!"

3루수 송인섭은 공을 잡기가 무섭게 곧바로 1루에 공을 던졌다. 하지만 홍일섭의 빠른 발이 1루 베이스를 먼저 지나쳤다.

그사이 주자들이 한 베이스씩 더 진루하면서 2사 만루 상황이 만들어졌다. 그리고 타석에 1번 타자 최주찬이 들어섰다.

대기 타석에 나서기 전 최주찬은 한정훈에게 최정환의 포크볼을 치는 방법을 물었다. 첫 번째 타석과 두 번째 타석 모두 포크볼을 건드렸다가 빗맞은 땅볼을 때려냈기 때문이다.

다행히 두 번째 타석 때는 유격수 주민호가 글러브에서 공을 한 번에 빼내지 못하면서 내야안타가 됐다. 하지만 그런 찜찜한 안타로는 최정혁 트리오의 일원이 될 수 없었다.

언론이 한정훈과 강승혁의 이니셜을 딴 HK포(속칭 홍콩포)를 미는 것과는 달리 서린 고등학교 학부형들이 중심이 된 응원단은 최주찬과 한정훈, 강승혁의 이름을 딴 최정혁 트리오라는 표현을 더 선호했다.

1번 타순에 배치된 최주찬도 매 경기 두 개 이상의 안타를 때려내며 밥상을 차리고 있으니 그 공을 무시할 수 없다는 것이었다.

최주찬도 내심 최정혁 트리오에 포함됐다는 사실에 자부심을 가지고 있었다. 그래서 어떻게든 최정환의 포크볼을 받아쳐 서린 고등학교의 승리에 공헌하고 싶었다.

그런 최주찬에게 한정훈은 공략법은 물론이고 초구를 노리라는 조언까지 해주었다.

"평소보다 10㎝ 정도 앞쪽에 서고……."

최주찬은 일단 한정훈의 지시대로 움직였다. 다소 포수 쪽에 치우쳤던 타격 위치를 투수 쪽으로 이동시켰다. 그리고 평소보다 몸 쪽을 비웠다. 우타자의 몸 쪽으로 흘러 들어오는 포크볼의 무브먼트에 대항하기 위해서였다.

'자, 들어 와라!'

만반의 준비를 마친 뒤 최주찬이 최정환을 바라봤다.

하지만 만루 위기에 몰린 최정환은 최주찬이 앞선 타석과 다르다는 사실을 눈치채지 못했다.

포수 박해수도 마찬가지였다. 포크볼에 약점을 보였던 최주찬이 들어왔다는 생각에 들떠서 초구부터 몸 쪽 포크볼 사인을 냈다.

"후우……."

잠시 숨을 고르며 주자들을 눈으로 견제한 뒤 최정환이 힘차게 투구판을 박찼다.

후앗!

최정환의 손끝을 빠져나간 공이 곧장 최주찬의 몸 쪽을 파고들었다.

그 순간 최주찬의 눈이 번뜩였다.

한정훈은 최정환의 포크볼을 공략하는 첫 번째 방법으로 칠 수 있는 포크볼을 노리라고 말했다. 워낙에 무브먼트가 좋아서 가슴 밑으로 날아드는 것 같은 공은 볼이 될 가능성이 높으니 아예 가슴 위로 들어오는 공만 노리라고 조언했다.

그런데 최정환의 초구가 거의 하이 패스트볼처럼 날아들었다.

'포크볼이라면 분명 떨어질 거야.'

최주찬은 망설이지 않고 방망이를 내돌렸다. 그리고 포심 패스트볼을 때려내듯 막 떨어지기 시작한 포크볼을 왼쪽 무릎 앞쪽에서 후려쳤다.

따악!

날카로운 파열음과 함께 타구가 3루수 머리 쪽으로 뻗어 나갔다. 프로 레벨의 선수였다면 당황하지 않고 가볍게 뛰어올라 공을 낚아챌 만한 높이였다.

하지만 3루수 송인섭의 수비 능력은 직선 타구에 동물적으로 반응할 정도로 좋지 않았다.

탁! 타닥!

송인섭의 머리 위를 지나간 타구가 그대로 3루 라인을 따라 굴러갔다.

"돌아! 돌아!"

안성민 3루 코치가 미친 듯이 팔을 돌렸다. 그사이 3루 주자 안시원과 2루 주자 이명수가 홈을 밟았다.

그리고 1루 주자 홍일섭이 미친 듯이 내달려.

촤라라랏!

오른손으로 홈플레이트를 훑어냈다.

"크아아아!"

2사 만루에서 싹쓸이 2루타를 때려낸 최주찬이 주먹을 들어올리며 함성을 내질렀다. 그러고는 한정훈을 향해 애정이

듬뿍 담긴 총을 쐈다.

"너, 인마. 주찬이한테 또 뭘 알려준 거야?"

눈치 빠른 강승혁이 다가와 한정훈의 목덜미를 움켜쥐었다.

"별 이야기 안 했어요. 그냥 주찬이 형이 잘 친 거예요."

한정훈은 제법 날렵하게 강승혁의 손길을 피했다. 그리고 서둘러 대기 타석 쪽으로 나갔다.

그때였다.

"타임."

덕호 고등학교 김재학 감독이 자리를 박차고 나왔다.

"투수 교쳅니까?"

"일단 이야기 좀 해보고요."

더그아웃을 나설 때까지만 해도 김재학 감독은 최정환을 바꿀 생각이 없었다. 점수가 6 대 2까지 벌어지긴 했지만 아직 5회인 만큼 마지막 아웃카운트는 최정환에게 맡기는 게 낫다고 판단했다.

하지만 대기 타석에서 빠르게 방망이를 내돌리는 한정훈의 모습을 보자 생각이 달라졌다.

'어퍼 스윙이라니. 대놓고 포크볼을 노리겠다, 이건가?'

김재학 감독의 시선이 한정훈을 지나 김운태 감독에게 향했다. 때마침 김운태 감독은 타석으로 들어가려는 송민호를 붙잡고 뭔가 작전을 지시하고 있었다.

'아무래도 안 되겠어.'

김재학 감독은 마운드에 오르기가 무섭게 최정환의 손에서 공을 빼앗아 들었다. 에이스의 자존심도 중요했지만 이대로 뒀다간 능구렁이 같은 김운태 감독의 계략에 휘말려 최정환이 완전히 망가져 버릴 것만 같았다.

"수고했다."

"후우……."

"황금사자기만 있는 것도 아니니까 상심하지 말고."

"네, 알겠습니다."

최정환이 고개를 숙인 채로 마운드를 내려갔다. 그러자 메이저리그 스카우터들이 쓴웃음을 지었다.

"최정환이 벌써 강판을 당하다니. 오늘 컨디션이 좋지 않은 건가?"

"아니. 컨디션은 나쁘지 않았어. 단지 상대가 나빴을 뿐이라고."

"서린이 강한 건 알았지만 이 정도일 줄은 몰랐는데?"

"서린보다도 저 녀석, 한 명에게 진 기분이야."

"저 녀석이라니? 누구? 조금 전에 2루타를 때려낸 1번 타자?"

"아니, 최정환에게 홈런 두 방을 때려낸 한."

"하긴, 차라리 한을 걸렀다면 상황은 달라졌을 텐데."

최정환은 메이저리그 스카우터들이 탐내는 1순위 투수였다. 155㎞/h를 넘나드는 빠른 포심 패스트볼과 날카로운 슬라이더, 그리고 고등학교 1학년 때부터 갈고닦은 최정환 표 스플리터까지. 메이저리그에서 선발로 키워볼 만한 재능을 충분히 갖추고 있었다.

하지만 오늘 경기의 투구는 확실히 실망스러웠다. 에이스라고 매 경기 잘 던질 수는 없겠지만 오늘 경기를 통해 최정환의 한계를 본 것 같은 느낌이 들었다.

최정환의 투구가 아쉬운 건 박찬오도 마찬가지였다. 최정환을 에이스감으로 점찍어두고 있었는데 직접 보니 큰 경기를 맡기기 불안해 보였다.

하지만 함께 동석한 서재훈은 한 경기로 평가할 필요는 없다고 조언했다.

"지금까지 잘 던졌잖아. 오늘은 좀 못 던질 수도 있는 거지."

"그저 운이 나빴던 거라면 다행이지만……."

"운이 나빴다기보다는 상대가 나빴던 거겠지. 저기 저 녀석이 너무 잘했으니까."

서재훈이 턱으로 대기 타석 쪽을 가리켰다. 승패를 결정지은 건 3타점 2루타를 때려낸 최주찬이지만 경기의 흐름을 바꿔 놓은 건 누가 뭐래도 한정훈이었다.

그러자 반대편에 앉아 있던 최인섭이 냉큼 끼어들었다.

"형은 투수를 봐야지 왜 타자를 보고 있어?"

"나라고 보고 싶어서 보겠냐? 저 녀석밖에 눈에 안 들어오는 걸 어쩌라고?"

"형도 그렇지? 나도 지금 저 녀석 타석이 돌아오길 기다리는 중이야."

최인섭이 덩치에 어울리지 않게 호들갑을 떨어댔다. 본래 대표팀 4번 타자감이라고 평가받는 강승혁을 살피기 위해 박찬오를 따라왔지만 지금은 오직 한정훈밖에 보이지 않았다.

"저 녀석은 무조건 데려가야겠지?"

"당연하지. 강승혁하고 한정훈 중에서 한 명만 데려가야 한다면 무조건 한정훈이야."

"그 정도야?"

"그럼! 홈런을 때리는 타자는 많지만 경기의 분위기를 바꿀 줄 아는 타자는 극소수라고."

황금사자기에 출전한 선수 중 홈런을 때려낼 만한 힘과 기술을 보유한 재목은 많았다.

하지만 소위 클러치 능력을 갖춘 이는 극소수에 불과했다.

세이버 매트릭스의 관점에서 클러치 히터는 존재하지 않을지도 모르지만 현장 지도자들은 언제나 해결사들을 선호해 왔다.

지도자로 변신해 세계 청소년 야구 선수권 대회 타격 코치로 임명된 최인섭도 마찬가지였다.

제법 힘 좀 쓴다는 타자 중에서도 중요한 순간에 한 방을 때려줄 클러치 능력을 갖춘 선수들을 찾기 위해 밤새도록 경기 동영상을 보고 또 볼 정도였다.

그런데 그토록 찾았던 클러치 히터가 바로 눈앞에서 경기를 치르고 있었다.

서린 고등학교 3번 타자 한정훈.

이제 막 고교리그에 올라온 1학년인 겁 없는 신입생은 첫 타석에서 벼락같은 홈런을 때려내 0 대 0의 균형을 깨뜨리더니, 두 번째 타석에서도 박찬오가 청소년 대표팀 에이스로 점찍었던 최정환의 포크볼을 걷어 올려 경기 분위기를 완전히 뒤집어 버렸다.

"찬오 형, 아니, 박 감독님. 저 녀석은 꼭 데려갑시다. 1학년이라고 빼면 안 됩니다. 아셨죠?"

최인섭이 박찬오에게도 신신당부했다. 협희가 3학년 이주로 대표팀을 꾸리기로 방침을 정했다지만 박찬오가 나서준다면 한정훈을 합류시키는 것도 충분히 가능해 보였다.

하지만 박찬오는 쉽게 확답을 주지 않았다.

"일단 조금 더 지켜보자."

세계 청소년 야구 선수권 대회가 열리는 7월까지는 아직 시간이 많이 남아 있었다. 1학년을 청소년 대표팀에 합류시킨다는 파격 결정은 봉황기와 청룡기까지 지켜본 다음에 내려도 늦지 않을 것 같았다.

2

최정환에 이어 마운드에 오른 장성진은 2번 타자 송민호를 3구째 슬라이더로 유인해 유격수 땅볼로 잡아내고 이닝을 끝마쳤다.

스코어 6 대 2.

최강 서린 고등학교를 상대로 4점 차는 너무도 버겁게 느껴졌다.

하지만 덕호 고등학교도 호락호락 물러서진 않았다.

따악!

1사 주자 1루 상황에서 4번 타자 이영호가 투런 홈런을 때려내며 순식간에 점수를 두 점 차까지 좁혔다.

"공이 몰렸다."

"죄송합니다."

"2구째 스트라이크를 던졌어야 했어."

"네."

"힘 있는 타자일수록 왜 볼카운트를 유리하게 가져가야 하는지 깨달았길 바란다."

"네, 감독님."

"그래, 수고했다."

김운태 감독은 직접 마운드에 올라 김성찬의 어깨를 두드렸다.

5.1이닝 4실점.

선발 투수의 기준으로 봤을 때 낙제에 가까운 성적이었지만 우승 후보로 꼽히는 덕호 고등학교를 상대로 5회까지 2실점으로 버틴 건 확실히 기대 이상의 피칭이었다.

"다음번에는…… 더 잘하겠습니다."

김성찬이 아쉬움을 삼키며 더그아웃으로 내려갔다. 그리고 우완 사이드암 투수 이승희가 공을 넘겨받았다.

"타자들이 다음 이닝에 한두 점 정도는 더 뽑아줄 거다. 그러니까 부담 갖지 말고 편하게 던져라."

"네, 감독님."

이승희는 특유의 낮게 떨어지는 싱커를 앞세워 풀카운트 접전 끝에 5번 타자 송인섭을 3루수 땅볼로 돌려 세웠다. 6번 타자 고종수에게 초구를 통타당해 2루타를 얻어맞긴 했지만 7번 타자 주민호를 삼진으로 잡아내고 이닝을 끝마쳤다.

-이승희 선수, 삼진으로 덕호 고등학교의 추격을 어렵게 막아냅니다.

-확실히 덕호 고등학교의 중심 타선은 무섭네요. 김성찬 선수의 공이 눈에 익으니까 망설이지 않고 방망이를 내돌렸습니다.

-6회를 기점으로 양 팀 선발 투수들이 강판을 당했는데요. 불펜 싸움, 어떻게 보시나요?

-글쎄요. 고교 야구 특성상 선발 경쟁에서 밀린 선수들이 불펜으로 자리를 이동하는 경우가 많으니까요. 프로처럼 불펜의 질을 논하기란 어려울 것 같습니다. 하지만 서린의 이승희 선수도 그렇고 덕호의 장성진 선수도 제 몫을 다해주는 투수들이니까요. 아마 한동안은 소강상태에 접어들지 않을까 예상해 봅니다.

해설자는 숨 가쁘게 달려온 경기가 잠시 숨고르기에 들어갈 것 같다고 전망했다. 그러다 중계 카메라가 한정훈을 비추자 냉큼 말을 번복했다.

-아, 선두 타자가 저 선수였네요.

-네, 오늘 두 개의 홈런을 때려내며 고교 야구 최초 5타석 연속 홈런 기록을 세운 한정훈 선수입니다.

─그렇다면 또 모르겠네요. 한정훈 선수를 상대로 장성진 선수가 정면승부를 걸 가능성은 낮으니까요.

─한정훈 선수가 출루를 하게 된다면 그다음에는 강승혁 선수인데요.

─두 점 차 박빙의 상황에서 강승혁 선수까지 거르진 못할 겁니다. 아마 강승혁 선수하고는 어떻게든 결론을 내려고 하겠죠.

─3번 타자인 한정훈 선수를 거르고 4번 타자 강승혁과 승부한다라. 하하. 솔직히 저로써는 잘 납득이 되지 않는데요.

─물론 일반적인 3번 타자와 4번 타자의 의미를 놓고 본다면 허무맹랑한 소리처럼 들릴지도 모릅니다. 하지만 토너먼트는 시즌과 다릅니다. 패배하면 내일이 없으니까요. 투수 입장에서는 오늘 잘 치는 타자는 피해가고 그보다 못한 타자와 승부하고 싶을 겁니다.

해설자의 예상은 정확하게 맞아떨어졌다.

"볼!"

수준급 제구력을 과시하던 장성진은 한정훈을 스트레이트 볼넷으로 1루에 내보냈다. 모든 공이 스트라이크존 주변을 맴돌았지만 야속하게도 한정훈은 단 한 번도 방망이를 내밀지 않았다.

"뭐 저런 녀석이 다 있어?"

장성진이 어이없다는 얼굴로 한정훈을 바라봤다.

그런 장성진의 속내를 읽은 것일까. 한정훈이 코웃음을 쳤다.

"속을 만한 걸 던져야 속아주지. 볼에서 볼로 빠지는데 그걸 무슨 수로 속아?"

고교 레벨에서 장성진의 제구력은 수준급이었다. 하지만 냉정하게 놓고 보자면 프로에서도 통할 만큼 정교한 편은 아니었다.

게다가 구속도 그리 빠르진 않았다. 평균 구속 143㎞/h. 쓸 만한 슬라이더와 커터를 던진다곤 하지만 횡적인 변화가 주를 이루는 공들이다 보니 릴리즈 포인트와 초반 공의 움직임만 지켜봐도 볼인지 스트라이크인지 금세 구분이 가능했다.

'문제는 승혁이 형인데…….'

한정훈이 고개를 돌려 강승혁을 바라봤다. 한정훈이 두각을 보이기 전까지만 해도 서린 고등학교 최고의 선구 능력자는 강승혁이었다. 골라 나가기보단 때리는 걸 선호하긴 했지만 나쁜 공에는 좀처럼 방망이를 내밀지 않는 스타일이었다.

하지만 지금 타석에 들어선 강승혁은 상당히 초조해 보였다. 한정훈에 이어 덕호 고등학교 4번 타자 이영호마저 홈런포를 가동했는데 아직 타점 신고조차 하지 못하고 있으니 부담감이 클 수밖에 없었다.

'괜히 몸 쪽 공을 잘못 건드리면 큰일이니까……'

생각을 정리한 한정훈이 슬금슬금 리드를 벌려 나갔다. 그러자 김재학 감독이 냉큼 수신호를 보냈다. 서린 고등학교 벤치에서 런 앤 히트 사인이 나왔다고 의심한 것이다.

벤치의 지시를 받은 포수 박해수는 스트라이크존을 벗어나는 바깥쪽 공을 요구했다. 구종은 포심 패스트볼.

"좋아."

곁눈질로 한정훈을 한 번 견제한 뒤 장성진이 힘차게 투구판을 박차고 나갔다.

그 순간.

타다다닥!

베이스에 꼭 붙어 있던 한정훈이 2루를 향해 뛰쳐나갔다.

펑!

공을 받기가 무섭게 박해수는 냉큼 몸을 일으켜 송구 동작을 취했다. 하지만 끝내 공을 던지진 못했다. 영악하게도 한정훈이 몇 걸음 내딛지 않고 재빨리 1루로 되돌아왔기 때문이다.

"쳇."

박해수가 미간을 찌푸리며 장성진에게 공을 돌려주었다. 그러고는 다시 한번 바깥쪽으로 빠져나가는 공을 요구했다.

장성진도 가볍게 고개를 끄덕인 뒤 한정훈의 움직임을 살폈다. 한정훈이 초구 때보다 리드를 넓혔지만 굳이 견제구를 던지진 않았다. 송구가 좋은 박해수가 벼르고 있으니 한정훈을 뛰게 만든 뒤 런다운(Run down)으로 잡아내는 편이 확실하다고 여겼다.

"어디 또 뛰어봐라."

투구판을 밟은 장성진이 크게 오른발을 들어올렸다.

그 순간.

타다다닥!

한정훈이 다시 2루를 향해 달릴 것처럼 굴었다.

후앗!

장성진의 어깨에 힘이 들어갔다. 자연스레 공은 박해수가 요구했던 곳보다 더 바깥쪽으로 빠져나갔다.

펑!

공을 받은 박해수가 다시 몸을 일으켰다.

하지만 그때는 이미 한정훈이 1루 쪽으로 반쯤 돌아온 상태였다.

"젠장, 잡을 수 있었는데."

장성진은 아쉬운 얼굴로 전광판을 바라봤다.

노 스트라이크 투 볼.

볼카운트를 하나 더 버릴 수 있다면 좋겠지만 타석에 서 있는 건 4번 타자 강승혁이었다.

'일단 스트라이크를 하나 잡아야겠지.'

잠시 벤치 쪽을 바라본 박해수가 몸 쪽 낮은 코스의 스트라이크를 요구했다. 조금 위험하긴 했지만 바깥쪽으로 빠져나가는 공을 두 개 정도 보여줬으니 강승혁도 몸 쪽 공에 곧바로 대응하지는 않을 거라고 생각했다.

사인을 확인한 장성진이 고개를 끄덕였다. 그러면서 곁눈질로 1루 쪽을 바라봤다.

한정훈은 1루 베이스에 꼭 붙어 있었다. 볼카운트가 타자에게 유리해지면서 런 앤 히트 작전이 취소라도 된 것 같았다.

"후우……."

길게 숨을 고른 뒤 장성진이 빠르게 오른발을 들어올렸다. 그리고 스트라이드를 하려는 그 순간.

타다다닥!

한정훈이 다시 1루 베이스를 박차고 나갔다.

"……!"

순간 당황한 장성진이 일찍 공을 놓아버렸다. 그리고 그 공은 강승혁이 가장 좋아하는 몸 쪽 높은 코스로 날아들었다.

'……!'

강승혁은 망설이지 않고 방망이를 내돌렸다. 그리고 오른쪽 무릎 앞쪽에서 공을 내려찍듯 때려냈다.

따악!

날카로운 파열음과 함께 타구가 총알처럼 외야로 뻗어 나갔다.

"뛰어! 뛰어!"

안성민 3루 코치가 한정훈을 향해 크게 외쳤다. 라이너성으로 뻗어 나간 타구가 펜스를 맞고 튕겨 나올지도 모른다고 판단한 것이다.

그러나 타구를 쓱 훑어본 한정훈은 무리하지 않고 천천히 베이스를 돌았다.

"코치님, 저거 넘어갔어요."

그 중얼거림이 채 끝나기도 전에.

"으아아아아!"

"홈런이다아아아!"

서린 고등학교 응원석에서 함성이 터져 나왔다.

−강승혁! 투런포! 덕호 고등학교의 추격에 찬물을 끼얹었습니다!

−강승혁 선수, 팀의 4번 타자로 중요할 때 한 방을 때려냈습니다.

−이번 대회 5번째 홈런인데요. 조금 전 홈런을 때려냈던 덕호 고등학교 이영호 선수를 밀어내고 황금사자기 홈런 2위로

뛰어오릅니다.

　－고교 야구의 경우 보통 4개 전후에서 홈런왕이 나오는 게 일반적인데요. 5개를 때려냈는데도 2위라는 게 믿기지가 않습니다.

　－하하, 이게 다 저기 강승혁 선수보다 앞서 달리는 한정훈 선수 때문이죠.

　－한정훈! 이번 대회 9개의 홈런을 때려내며 최다 홈런왕을 예약해 놓은 상태인데요. 조금 서둘러야 할 것 같습니다. 저러다 강승혁 선수에게 추월당하겠어요.

　중계 카메라가 한정훈을 잡았다. 한정훈이 제법 여유를 부린 사이에 강승혁이 정말로 등 뒤까지 따라붙어 있었다.

　"형, 천천히 좀 와요. 그러다 죽겠어요."

　"야, 인마. 그러니까 빨리 좀 뛰어!"

　"저 아까 엄청 뛰었거든요?"

　"암튼 고마웠다. 네 덕분에 하나 건졌다."

　"어려운 코스를 형이 잘 친 건데 고맙기요."

　"짜식."

　강승혁은 자신도 모르게 한정훈의 엉덩이를 때릴 뻔했다. 그러다 마지막 순간에 움찔 놀라며 손을 잡아 뺐다.

　야구 규칙상 베이스러닝 중인 주자는 선행 주자를 추월해서는 안 된다. 추월할 경우 아웃으로 처리되며 설사 홈런을 때려도 그 자체가 취소가 될 수 있었다.

'암튼 저 질편한 엉덩이는 참을 수가 없다니까.'

강승혁은 일부러 속력을 줄여 한정훈과 거리를 벌렸다. 그리고 한정훈이 무사히 홈을 밟은 걸 확인한 뒤 냉큼 뒤쫓아 가 한정훈의 엉덩이를 힘껏 쳐 올렸다.

"아, 쫌!"

"크흐흐. 이 예쁜 녀석!"

"좀 떨어져요! 오늘 전국 방송이라고요."

"그러니까 이러는 거지, 인마!"

강승혁은 평소보다 더욱 격렬하게 한정훈을 끌어안았다. 라이벌 중 하나인 이영호에게 홈런을 따라잡혔다는 사실에 자존심이 상했는데 한정훈이 노력해 준 덕분에 손쉽게 차이를 벌렸으니 기분이 좋을 수밖에 없었다.

김운태 감독도 만족스러운 얼굴로 고개를 끄덕거렸다. 기대 이상으로 폭발하는 한정훈 때문에 강승혁의 페이스가 무너지면 어쩌나 걱정했는데 실투를 놓치지 않고 잡아당기는 걸 보니 별문제 없을 것 같았다.

"송 코치, 경복고 선발이 누구라고 했지?"

"아직 확정된 건 아니지만 문성경일 가능성이 높습니다."

"조운경이 나올 가능성은 없겠지?"

"경기 후반이라면 모르겠지만 오늘 등판한 조운경을 선발로 올렸다간 언론들이 가만있지 않겠죠."

"어때? 우리 애들하고 문성경."

김운태 감독이 고개를 돌려 송인수 수석 코치를 바라봤다. 그러자 송인수 코치가 말해 무엇 하냐며 웃었다.

"문성경이 아니라 에이스 조운경이 정상 컨디션으로 올라온다고 해도 저 녀석들은 못 당합니다."

"내 생각하고 같군그래."

결승전에 먼저 올라간 경복 고등학교의 에이스는 우완 사이드암 조운경이었다.

라이온즈를 비롯한 몇몇 프로 구단에서 선발감으로 점찍어두고 있다는 말들이 나돌고 있긴 하지만 솔직히 최정환이나 김진태와 비교될 정도는 아니었다.

결승전 선발이 유력한 우완 정통파 문성경은 조운경보다 한 수 아래로 평가받고 있었다. 그나마 경복 고등학교에서 최정환 수준의 좌완 투수를 선발로 내세운다면 또 모르겠지만 지금으로서는 덕호 고등학교와의 준결승보다 더 무난한 경기가 될 가능성이 높았다.

"이제 안심 좀 해도 될까?"

"빠르면 8회에 중심 타선을 한 번 더 상대해야 하지만 불펜을 잘 활용한다면 별문제 없을 것 같습니다."

"그럼 선수들 좀 바꾸지."

7회 초 공격이 끝나자 김운태 감독은 후보 선수들을 대거 투입했다. 기자들은 물론이고 중계석에서도 성급한 결정이라며 걱정했지만 김운태 감독은 눈 하나 까딱하지 않았다.

세계 청소년 야구 선수권 대회가 시작되면 차포를 떼고 대회를 치러야 한다. 강승혁에 이어 한정훈까지 대표팀에 차출될 가능성이 높은 상황에서 후보 선수들의 경기력을 미리미리 끌어올리지 못한다면 HK포 없이는 별 볼 일 없다는 비아냥거림이 쏟아질 것이다.

'정훈이라도 남으면 좋겠지만…… 무리겠지.'

김운태 감독은 일찌감치 욕심을 버렸다. 다른 사람도 아니고 한성 대학교 코치 시절 직접 가르쳤던 박찬오가 우승을 위해 대표팀 감독으로 와 있는데 스승으로서 훼방을 놓고 싶진 않았다.

"그건 그렇고 이러다 고교 야구 쪽에서도 공공의 적이 되는 거 아닌가 모르겠어."

김운태 감독이 나직이 푸념했다. 고교 야구계에서는 좀 편히 지내고 싶었는데 아무래도 그럴 팔자는 아닌 모양이었다.

그날.

서린 고등학교는 서울 지역 라이벌이자 우승 후보였던 덕호 고등학교를 11 대 4로 대파하고 결승 진출을 확정지었다.

3

[대체 한정훈이 누구야?]

황금사자기 4강전이 끝날 무렵, 국내 최대 야구 커뮤니티인 베이스 볼 파크에 글이 하나 올라왔다.

초기 반응은 냉랭했다.

└질문을 하려면 사진 정도는 올려라.

└님, 잘 가요.

└비추나 처먹어 이 버르장머리 없는 놈아.

순식간에 비추천이 쌓이더니 100개를 채우고 블라인드 처리가 되어버렸다.

하지만 한정훈에 대한 두 번째 글이 올라오면서 분위기기 달라졌다.

[잘 봐라. 이놈이 바로 대한민국 야구의 미래다.]

다소 도발적인 제목 때문인지 조회수와 댓글이 폭발적으로 늘었다.

"이건 또 뭐야?"

"또 어떤 새끼가 똥 싸질러 놨냐?"

대다수 회원은 비난을 위해 게시글을 클릭했다. 그러다 하나의 동영상을 보고는 표정이 달라졌다.

└허, 뭐냐 이놈?

└장난 아니네. 지금 4경기에서 홈런 9개 때린 거 맞지?

└고등학교 나무 배트 쓰지 않냐? 이게 가능해?

└이거 실화임? 주작 아님?

└뉴스 찾아봐도 없던데? 아무래도 짜깁기 같은데?

└주작 아님. 황금사자기 준결승부터 중계해서 그런 듯.

└고교 야구 홈페이지 가면 동영상 게시판 있다. 거기 들어가서 한정훈이라고 치면 나와.

└뭐지 이 반응들은? 설마 서린 고등학교 한정훈을 모르고 있었단 말이야?

시간이 지나자 자칭 타칭 고교 야구 전문가들이 나와서 한정훈을 찬양하기 시작했다.

└이 정도면 이승혁 후계자라고 봄.

└이승혁 아니고 추신우요.

└그보다는 왼손 이대오에 더 가까운 거 같은데?

└왜? 차라리 최인섭이라고 하지.

└한뚱 정도면 프로 안 가고 바로 메이저 가서도 잘할 거 같은데 가져다 붙일 걸 붙여라.

└메이저는 뉘 집 개 이름임? 살도 좀 빼야 하고 타격 폼도 수정해야 할 거 같은데?

└ㅇㅂㅇ 타구 발사각이 좀 낮은 듯.

└4학년이라며? 투수들이 만만하게 덤비다 얻어맞은 거 아냐?

└뭘 모르면 입 싸 닫고 있어라. 박병오가 세운 4연타석 홈런 기록 갈아치운 게 저 녀석이다. 그리고 준결승전에서 한정훈이 털었던 게 현 고교 투수 랭킹 1위 최정환이다.

└헐, 최정환한테 연타석 홈런 친 거야?

└최정환이면 이야기가 다르지. 국대 에이스감인데.

└트윈스 스카우터들 보고 있지? 꼭 데려와라. 똑딱이 타선을 채워줄 마지막 퍼즐이 나왔다.

└서린 고등학교면 히어로즈 쪽 아님?

└히어로즈? 젠장. 박뱅 가고 한뚱 오는 건가.

└그건 두고 봐야 할 듯. 지금 떠드는 것처럼 신생팀 창단하면 신생팀에서 낚아챌지도.

고교 야구 관련한 글들은 찬밥 취급을 받던 베이스 볼 파크지만 한정훈에 대한 게시글만큼은 반응이 달랐다.

　ㄴ잘하는 건 알겠는데 이렇게나 빨아줄 정도인가?

　ㄴ한정훈 지금까지 성적.

4경기 16타석 13타수 11안타 3볼넷 9홈런 23타점 12득점.

타율 0.846(1위) 출루율 0.875(1위).

장타율 3.077(1위. 1.077 아님) OPS 3.952(1위).

홈런 1위 타점 1위 득점 1위 최다안타 1위.

이래도 안 빨 텐가?

　ㄴ진심 지린다. 이대오 타격 7관왕 하던 거 보는 듯.

　ㄴ1학년이다 보니 분석도 덜 됐을 테고 투수들도 만만히 봤겠지만 이 정도면 레벨이 다르다고 해야 하지 않나?

　ㄴ표본이 너무 적잖아. 적어도 서너 대회 정도는 지켜봐야지.

　ㄴ노놉. 박병오도 SNS에 자기 고등학교 시절보다 한정훈이 더 낫다고 인정.

　ㄴ좀 전에 야구야 사랑해 안 봤냐? 이정범이 결승타 친 아들 칭찬은 안 하고 한정훈 이야기만 하던데?

다음 날, 황금사자기에 대한 기사들이 나오면서 한정훈의 이름 석 자는 주요 포털 사이트 실시간 검색어 10위권까지 치고 올랐다.

하지만 야구팬들의 관심과는 달리 각 구단 스카우터들은 조금 더 지켜봐야 한다는 분위기였다.

"한정훈이라. 이제부터 좀 마크를 해야겠지?"

"에이, 뭘 벌써부터 그래? 이제 1학년인데."

"하긴, 드래프트에 나오려면 2년은 더 기다려야 하니까."

"길게 보자고. 고등학교 때 잠깐 반짝했다 사라진 놈들이 어디 한둘이야?"

고교 야구 전문가들도 한정훈이 황금사자기에서 보여준 활약은 나무랄 데 없었지만 그 실력이 얼마나 꾸준히 지속될지에 대해서는 의문을 던졌다.

아직 어린 만큼 지나치게 오버하다 타격 침체에 빠지거나 부상당할 가능성이 높다는 의견도 적지 않았다.

결승전 상대인 경복 고등학교 양정철 감독도 언론과의 인터뷰를 통해 한정훈을 깎아내렸다.

"서린에서 경계해야 할 타자요? 글쎄요. 굳이 따지자면 강승혁 정도? 한정훈이 앞에서 잘 치는 것두 다 강승혁 덕분이니까요. 결국 강승혁을 피하려다 한정훈에게 얻어맞는 거 아니겠습니까? 하지만 우리 경복은 다를 겁니다. 참고로 한정훈의 약점에 대한 파악은 진즉 끝났습니다."

양정철 감독은 결승전에서 한정훈이 홈런을 칠 일은 없을 것이라고 단언했다. 그리고 그 말은 현실이 됐다.

따악!

한정훈이 힘껏 때려낸 타구가 3루 라인을 타고 흘렀다. 그 사이 2루에 있던 최주찬이 3루를 지나 여유롭게 홈을 밟았다.

"정훈아! 스톱! 스톱!"

김호식 1루 베이스 코치가 2루로 달리려던 한정훈을 붙잡았다. 경복 고등학교의 중계 플레이로 보아 굳이 무리할 필요는 없다고 판단한 것이다.

"후우……."

한정훈도 이내 1루 베이스로 발걸음을 되돌렸다.

6회 말 현재 스코어는 8 대 0.

이미 전의를 상실한 상대를 굳이 자극할 필요는 없을 것 같았다.

그런 한정훈을 바라보며 양정철 감독이 고개를 절레절레 흔들어댔다.

"저 녀석 대체 정체가 뭐야?"

양정철 감독은 선발 문성경에게 한정훈과 정면 승부를 하지 말라고 신신당부했다. 체격이 좋은 만큼 힘으로 맞서지 말고 유인구로 살살 약을 올리라고 주문했다.

문성경은 양정철 감독의 주문을 성실히 이행했다.

하지만 경기는 양정철 감독의 계산대로 흘러가지 않았다.

2사 주자 없는 가운데 첫 타석에 들어선 한정훈은 무려 9구 접전 끝에 볼넷으로 출루했다. 문성경이 승부할 생각이 없다는 사실을 눈치챈 뒤 또 한 명의 테이블 세터처럼 유인구를 거르고 투구수를 늘리며 문성경을 기운 빠지게 만들었다.

그 과정에서 평정심을 잃은 문성경은 강승혁에게 섣불리 덤벼들다 폭투에 이어 2루타를 얻어맞고 첫 실점을 하고 말았다.

3회 1사 1, 3루 상황에서 두 번째 타석에 들어선 한정훈은 또다시 문성경을 궁지로 몰아넣었다. 오늘 경기에서 문성경이 좌타자들을 상대로 전가의 보도처럼 던져 대던 바깥쪽 백도어성 슬라이더를 툭 밀어쳐 큼지막한 플라이를 때려낸 것이다.

좌익수가 워닝 트랙까지 밀려간 틈을 노려 3루 주자는 물론 1루 주자까지 한 베이스를 더 진루해 냈다. 그리고 뒤이어 타석에 들어선 강승혁이 문성경의 몰린 포심 패스트볼을 담장 밖으로 날려 버리며 점수를 4 대 0까지 벌려 놓았다.

한정훈은 승부의 추가 기운 세 번째 타석에서도 그냥 넘어가지 않았다. 5회 2사 후 오늘 경기 마지막 아웃카운트를 잡으려던 문성경에게 기어코 두 번째 볼넷을 빼앗으며 5이닝조차 채우지 못하게 만들었다.

양정철 감독은 문성경을 대신해 좌완 김세훈을 올려 흐름을 끊으려 했다.

하지만 충분히 몸을 풀지 못했던 김세훈이 강승혁과 나승진, 안시원에게 3연속 안타를 허용하면서 경기 분위기는 완전히 서린 고등학교 쪽으로 넘어가 버렸다.

5회 말까지 스코어는 7 대 0.

고교 최강과 대구 경북의 맹주가 맞붙는 황금사자기 결승전과는 어울리지 않는 점수였다.

양정철 감독은 우승은 어렵다고 여겼다. 대신 어떻게든 점수 차이를 좁혀 체면치레를 하는 쪽으로 전략을 바꿨다.

3회까지 꽁꽁 묶여 있던 타자들도 4회부터 서린 고등학교 에이스 김진태의 공에 반응하고 있었다. 어떻게든 추가 실점을 막고 버틴다면 경기 후반부에 서너 점 정도는 만회할 기회가 생길 것이라고 기대했다.

그런데 6회 말. 한정훈의 타석이 돌아오자 여지없이 일이 터져 버렸다.

6회 초 공격이 무득점으로 끝이 나자 양정철 감독은 곧바로 불펜 에이스로 키우고 있는 정찬기를 올렸다.

서린 고등학교의 공격은 9번 타순부터 시작이었다.

삼자범퇴로 이닝을 끊지 못한다면 루상에 주자가 있는 상황에서 HK포를 상대해야 했다.

2학년이지만 배짱이 두둑하고 공이 묵직하다는 평가를 받는 정찬기는 선두 타자 홍일섭을 3구 만에 2루수 땅볼로 돌려세웠다. 초구와 2구, 바깥쪽 공을 보여준 뒤 3구째 몸 쪽 포심 패스트볼로 허를 찌른 게 주효했다.

자신감을 얻은 정찬기는 1번 타자 최주찬에게도 똑같은 레퍼토리를 사용했다.

바깥쪽 슬라이더로 스트라이크를 잡고 바깥쪽에 빠져나가는 포심 패스트볼로 눈을 현혹시킨 뒤 3구째 몸 쪽 바짝 붙는 포심 패스트볼을 찔러 넣어 최주찬의 방망이를 이끌어 냈다.

하지만 최주찬이 때려낸 타구는 3유간 깊숙한 곳으로 흘렀다. 유격수 조명훈이 끝까지 쫓아가 공을 잡았지만 내야안타를 막진 못했다.

"괜찮아, 이번에 땅볼로 잡아내면 돼."

양정철 감독은 잠시 마운드에 올라 정찬기를 다독였다. 정찬기가 보여준 구위라면 2번 타자 송민호에게 정타를 내주진 않을 것 같았다.

그러나 김운태 감독이 그 틈을 노려 최주찬에게 도루 사인을 내면서 상황이 변했다.

타다다닥!

정찬기가 왼발을 들어 올리기가 무섭게 최주찬은 1루 베이스를 박차고 나가 2루로 내달렸다. 그리고 포수 한해민의 송구가 빗나간 틈을 노려 여유롭게 2루 베이스를 훔쳤다.

"젠장할!"

눈 깜짝할 사이에 1사 2루의 위기에 몰리자 양정철 감독은 섣불리 마운드에 올라갔던 걸 후회했다. 아직 어린 정찬기가 발 빠른 주자를 등 뒤에 두고 제대로 공을 던지지 못할 거라고 여겼다.

하지만 정찬기는 보란 듯이 송민호를 삼진으로 돌려세우며 두 번째 아웃카운트를 잡아냈다. 그리고 타석에 한정훈이 들어왔다.

양정철 감독은 잠시 한정훈의 성적을 확인했다.

3타석 1타수 무안타. 타율 0.000.

물론 두 개의 볼넷을 얻어내고 1타점 2득점을 얻어내긴 했지만 지난 네 경기에서 보여주었던 폭발적인 성적과는 다소 거리가 있어 보였다.

그래서 양정철 감독은 고의사구 대신 승부를 선택했다. 한정훈을 걸러봐야 오늘 경기 홈런을 때려낸 강승혁을 상대해야 한다는 부담감도 한몫 거들었다.

정찬기도 양정철 감독의 사인을 받고는 단단히 고개를 끄덕였다. 자신을 믿고 맡겨준 양정철 감독을 위해서라도 한정훈을 기필코 잡아내겠다고 이를 악물었다.

초구, 몸 쪽 슬라이더를 던져 스트라이크.

2구, 몸 쪽 포심 패스트볼을 붙여 파울.

정찬기가 순식간에 투 스트라이크를 잡아낼 때까지만 해도 6회 말 서린 고등학교의 공격은 무득점으로 끝이 날 것 같았다.

그러나 한정훈은 정찬기가 3구째 던진, 바깥쪽으로 공 두 개 정도 빠진 유인구를 가볍게 밀어쳐 3루 베이스 라인을 따라 흐르는 2루타를 때려냈다. 그리고 오늘 경기 첫 번째 안타를 신고해 냈다.

"후우……."

양정철 감독이 길게 한숨을 내쉬며 고개를 흔들어 댔다.

그 모습이 중계 카메라에 정확하게 잡혀 들었다.

─양정철 감독, 경기가 풀리지 않아 답답하다는 표정인데요.

─오늘 경기 내내 한정훈 딜레마에서 벗어나지 못하고 있습니다.

─한정훈 딜레마요?

─딜레마라는 게 이러지도 저러지도 못하는 상황을 말하는 거 아니겠습니까?

─정확한 사전적인 의미는 확인해 봐야겠지만 저도 그렇게 이해하고 있는데요. 그렇다면 양정철 감독을 골치 아프게 만

든 게 한정훈 선수라는 말씀이신가요?

　-그렇습니다. 단순히 성적만 놓고 보자면 오늘 경기에서 맹타를 휘두르고 있는 강승혁 선수가 서린 고등학교의 공격을 주도하고 있는 것처럼 보일지도 모릅니다. 3타수 3안타에 홈런 하나 3타점. 이제 첫 안타를 신고한 한정훈 선수보다는 확실히 눈에 띄는 기록이니까요. 하지만 양정철 감독의 계획을 어긋나게 만들고 고비마다 경복 고등학교에 카운트 펀치를 날린 건 누가 뭐래도 한정훈 선수입니다.

　-한정훈 선수가 첫 타석에서 볼넷을 얻어냈을 때도 비슷한 말씀을 하셨던 것 같은데요.

　-경복 고등학교 벤치에서 따로 지시가 있었을 겁니다. 볼 카운트가 불리해지면 차라리 거르라고 말이죠. 결과적으로 한정훈 선수에게 볼넷을 내주긴 했습니다만 그 과정이 좋지 않았습니다.

　-투 스트라이크 노 볼에서 시작해 무려 9개의 공을 던지게 만들었으니까요.

　-한정훈 선수를 상대하기 전까지 조운경 선수의 투구수는 고작 6개에 불과했습니다. 한정훈 선수를 고의사구로 거르고 강승혁 선수를 상대했다면 투구수도 아꼈을 테고 폭투가 나오지도 않았겠죠.

　-설사 강승혁 선수에게 2루타를 허용해도 주자 2, 3루가

됐겠는데요?

－만약 그렇게라도 경복 고등학교가 실점 위기를 넘겼다면 경기 초반 분위기는 보다 팽팽해졌을 겁니다. 하지만 한정훈 선수가 문성경 선수의 진을 빼놓았고 폭투와 2루타로 허무하게 실점을 하면서 경기 흐름이 달라졌죠.

－아무래도 서린 고등학교는 에이스 김진태가 나왔으니까요.

－아마 양정철 감독은 한정훈 선수에게 어려운 공을 던져 주면 홈런을 억제하면서 충분히 아웃카운트를 잡아낼 수 있을 거라 판단한 모양입니다. 대개 어린 선수일수록 경기 초반에 자신의 뜻대로 풀리지 않으면 평정심이 흐트러지는 경향이 있으니까요.

－하지만 한정훈 선수는 두 번째 타석에서 희생 플라이를 때려냈고 세 번째 타석에서 볼넷, 그리고 조금 전 안타까지 신고했는데요.

－그래서 한정훈 딜레마라고 하는 겁니다. 한정훈의 장타력을 신경 쓰니 갑작스럽게 교타자로서의 재능이 튀어나와 버렸으니까요.

－말씀하신 것처럼 한정훈 선수가 테이블 세터라면…… 오늘 경기 만점짜리 활약을 펼치고 있습니다. 사사구만 두 개를 얻어냈으니까요.

―네, 바로 그겁니다. 아마 앞선 세 타석에서 한정훈 선수가 3번 타자가 아니라 테이블 세터 같은 역할을 해줬기 때문에 경복 고등학교에서도 방심하고 승부를 걸었을 겁니다.

―하지만 한정훈 선수는 보란 듯이 클러치 히터로서의 면모를 과시하며 2루 주자 최주찬을 홈으로 불러들였습니다.

―한정훈 선수가 충분히 2루까지 갈 수 있는 타구였는데도 1루에 멈춰 섰는데요. 저는 왠지 걸음이 느려서라기보다는 다른 꿍꿍이가 있는 게 아닌가 하는 생각도 듭니다.

―다른 꿍꿍이요?

―이를테면…… 강승혁을 거르지 못하게 하려는 의도랄까요?

중계 카메라가 다시 그라운드를 비췄다.

해설자의 예상처럼 정찬기-한해민 배터리는 강승혁에게 승부를 걸었다. 8 대 0이라는 점수 차와 2사 1루라는 상황이 내키지 않은 싸움을 부추긴 것이다.

그러나 이미 기세가 꺾인 정찬기의 공으로는 3연속 안타로 타격감이 절정이 오른 강승혁을 이겨내기가 어려웠다.

따악!

3구째 몸 쪽 꽉 차게 들어온 공을 시원하게 잡아당긴 강승혁이 왼손에 쥐고 있던 방망이를 내던졌다.

–큽니다! 쭉쭉 뻗어 나갑니다! 중견수 뒤로! 중견수 뒤로! 중견수우우우우우!

–넘어갔네요.

–홈러어언! 강승혁! 오늘 경기 자신의 두 번째 홈런을 때려 냅니다!

서린 고등학교 응원단의 함성 속에서 한정훈과 강승혁은 나란히 홈플레이트로 들어왔다. 그러고는 지난 덕호 고등학교전처럼 낯뜨거운 브로맨스를 펼쳤다.

점수가 10 대 0까지 벌어지자 김운태 감독은 주전들을 전부 제외시켰다. 선발 김진태도 과감히 내리고 그동안 등판 기회가 없었던 선수들을 대거 투입해 경기를 끝마쳤다.

최종 스코어 12 대 1.

2017년 첫 번째 전국 대회인 황금사자기 우승기가 3년 만에 서린 고등학교의 품으로 돌아갔다.

4

결승전 MVP는 만장일치로 강승혁이 수상했다. 그러나 카메라 기자들은 강승혁이 아니라 한정훈을 찍느라 정신이 없었다.

"대회 MVP는 한뚱이 타겠지?"

"두말하면 입 아프지. 도루 빼고 타격 부분을 싹쓸이했는데."

"솔직히 오늘은 안타 못 칠 줄 알았는데 저 녀석 진짜 물건이긴 물건이야."

"그러게 말이야. 그저 홈런만 잘 치는 줄 알았더니 강승혁보다 더한 놈이었어."

잠시 후 주최 측을 통해 수상자가 발표됐다.

예상대로 최우수 선수상은 한정훈에게 돌아갔다. 1학년임에도 불구하고 타격상과 최다 안타상, 최다 홈런상, 최다 타점상, 최다 득점상 등 최다 도루상을 제외한 타격 타이틀을 싹쓸이했으니 당연한 결과였다.

당초 강력한 MVP 후보였던 강승혁은 수훈상을 수상했다. 상이란 상은 후배에게 전부 빼앗겼으니 배알이 꼴릴 만했지만 강승혁은 기꺼운 마음으로 상을 받았다. 그리고 덕호 고등학교 민병호에게 최다 도루상 타이틀을 빼앗긴 최주찬에게 보란 듯이 자랑했다.

"이거 보이냐?"

"모르는 사람이 보면 MVP라도 되는 줄 알겠다?"

"야. 이 정도면 MVP지, 인마."

"그건 또 뭔 헛소리야?"

"아마 앞으로도 정훈이가 상이란 상은 전부 쓸어 담을 거 같은데…… 나 솔직히 정훈이 이길 자신 없다."

"그래서? 고작 수훈상에 만족하시겠다?"

"고작 수훈상이라. 하하. 내가 장담하건대 정훈이 저 녀석은 올해 수훈상 하나도 못 가져 갈 거다. 내가 전부 다 쓸어 담을 테니까."

"뭐, 뭐야. 그 말은. 등신 같은데 멋지잖아."

"그러니까 너도 괜히 정훈이 갈구지 말고 감사한 마음으로 살아, 인마. 정훈이가 발까지 빨랐어 봐라. 그럼 최다 도루상까지 차지했을걸?"

"야, 도루가 그렇게 쉬운 줄 아냐? 기본적으로 발도 빨라야 하고 출루도…… 아……. 그렇네. 출루율에서 게임이 안 되구나."

"정훈이 오늘처럼 경기하면 너나 민호 둘 중에 한 명은 방 빼게 생겼으니까 정신 바짝 차려, 인마."

"그러기만 해봐. 내가 두고두고 구박할 테니까."

최주찬이 단단히 으름장을 놓았다. 하지만 그것도 잠시.

"정훈아아!"

한정훈이 기자들에게 둘러싸이자 강승혁과 함께 냉큼 달려가서 한정훈의 어깨를 둘렀다.

"저 새끼는 자존심도 없나."

"내버려 둬. 저 새끼 원래 저랬잖아."

대회 내내 벤치를 지켜야 했던 3학년들이 불만스럽게 투덜거렸다. 하지만 그중 누구도 더 이상 한정훈을 운 좋은 1학년 따위라고 깎아내리지 못했다. 자신들도 모르는 사이 한정훈의 존재감이 머릿속에 깊이 각인되어 버린 것이다.

물론 기자 중에서는 한정훈을 평가절하 하는 이가 적지 않았다.

"솔직히 강승혁 효과라고. 그건 인정해야지."

"청룡기까지 갈 필요도 없어. 봉황기만 되어도 제 실력이 나올 테니까."

"무슨 야구 게임도 아니고 4경기에 홈런 9개가 말이나 돼? 만약 저 녀석이 봉황기 때도 이만큼 해내면 내 손에 장을 지진다."

"보니까 스윙도 어설프던데 뭘. 그래도 강승혁이야. 아직 한정훈은 아니라고."

비관적인 기자들은 자신들의 선수 보는 안목을 믿고 경험을 신뢰했다. 한정훈처럼 하루아침에 반짝하는 선수보다 강승혁처럼 잘 만들어진 선수가 진짜 선수라는 지론을 포기하지 않았다.

하지만 한정훈이 봉황기에 이어 청룡기 MVP까지 휩쓸면서 분위기가 달라졌다. 다수의 기자가 한정훈을 대한민국 미래의 4번 타자감으로 점찍은 가운데 반대편 기자들 내에서도 아직 멀었다는 쪽과 이만하면 인정해야 한다는 쪽으로 의견이 갈리기 시작했다.

그 과정에서 자연스럽게 한정훈을 청소년 대표팀에 합류시켜야 한다는 목소리에 힘이 실렸다.

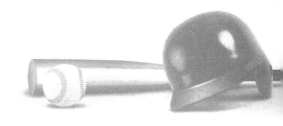

1

봉황기가 끝이 난 6월 중순, 야구 협회는 18세 이하 야구 월드컵(세계 청소년 야구 선수권 대회)에 참가할 예비 명단을 발표했다.

야구 월드컵의 엔트리 제한인 20명의 2배수인 40명을 우선 선발한 명단 속에 한정훈의 이름도 포함되어 있었다.

당초 3학년 우선 선발 원칙을 고수하던 협회조차 횡금사자기에 이어 봉황기 MVP를 차지한 한정훈을 외면하기 어려웠던 것이다.

21타석 17타수 11안타 2사사구 5홈런 18타점 9득점.

0.647 / 0.684 / 1.706 / 2.390.

한정훈은 봉황기에서도 최다 홈런상과 타격상을 비롯해 5개 타이틀을 휩쓸었다. 전반적인 성적은 황금사자기만 못했지만 전문가 중 누구도 한정훈의 성적을 평가절하 하지 않았다.

오히려 황금사자기를 통해 노출이 되고 분석이 이루어진 상황에서도 성적의 낙폭이 생각만큼 크지 않다며 놀라워했다.

"일단 청룡기까지는 지켜봐야겠지만 만약 이게 저 녀석의 진짜 실력이라면…… 초고교급이 아니라 역대급 선수가 나올지도 모릅니다."

결승전에서 완패한 광주 동선 고등학교 강선욱 감독은 한정훈에 대해 평가해 달라는 기자들의 요청에 표정이 굳어졌다.

아마추어 지도자 경력만 20년이 다 되어갔지만 한정훈 같은 선수는 처음 본다며 고개를 흔들어댔다.

한정훈을 한 번 이상 상대해 본 학교 감독들의 반응도 별반 다르지 않았다.

"한정훈? 상대해 보지 않았으면 말을 마요."

"그 녀석은 괴물입니다. 지도자가 이런 말 하면 안 되지만 진짜 너무 잘해서 차라리 빈볼을 던지라고 지시하고 싶을 정도예요."

"거품이요? 하하. 9할 대 타율의 거품이 꺼져서 6할 대면 말 다 했네요. 더 이상 무슨 설명이 필요할까요?"

"강승혁이라도 없으면 그냥 계속 걸러 버리겠는데…… 진짜 미치겠더라고요."

한정훈이 연이어 맹활약을 펼치자 협회도 어쩔 수 없이 임시 회의에 들어갔다. 그리고 최우수 선수 우선 선발이라는 원칙을 적용해 협회에 소속된 1학년 중 유일하게 한정훈의 이름을 40인 명단 안에 포함시켰다.

[서린고 한정훈! 청소년 대표팀 예비 명단 합류!]
[2017년 히트 상품 한정훈! 태극 마크 달고 U-18 야구 월드컵 정조준!]

기자들은 앞다투어 한정훈의 선발 소식을 전했다. 야구팬들도 당연한 결과라며 환영했다.

└올, 한뚱! 벌써부터 국가대표라니!
└협회가 뭔 일이냐?
└박찬오 감독되더니 이제 정신 좀 차린 듯.

└한정훈은 뽑아야지. 한정훈 안 뽑고 누구 데려가려고?

└나도 그렇지만 한정훈 때문에 고교 야구 찾아보는 사람 많을 거다.

└솔직히 국대 타선은 홍콩포 기본으로 박아놓고 시작하는 게 좋다.

└홍콩포 동시에 터지는 것 보고 지린 게 한두 번이 아니다. 진짜 홍콩 가는 기분이라니까.

└최주찬은 왜 빼냐? 최주찬 안타에 한정훈 적시타가 서린 고등학교 필승 공식인 거 모르냐?

└주찬이 아버님, 여기서 이러시면 안 돼요. 아드님 욕먹어요.

하지만 정작 협회 내부 반응은 회의적이었다.

"1학년이 되겠어?"

"어렵지, 어려워. 국제 대회잖아. 실력과 경험을 갖춘 최고의 선수들을 내보내도 우승할까 말까인데 무슨."

"내가 봤을 때 한정훈은 거품 꺼지려면 아직 멀었어."

"솔직히 강승혁 효과 무시 못 하지. 안 그래?"

"하긴, 강승혁 앞에 누굴 가져다 놔도 한정훈만큼은 할 거야."

야구팬들의 반발을 무마시키기 위해 후보 명단에 이름을 올려놓은 것일 뿐. 실제로 한정훈을 선발할 생각은 눈곱만큼도 없어 보였다.

박찬오도 언론과의 인터뷰에서 한정훈의 선발은 고민스럽다는 뜻을 전했다. 한정훈의 재능만큼은 높이 평가하지만 온전한 실력을 판가름할 데이터가 부족하다고 덧붙였다.

"그럼 한정훈 선수가 이번 청룡기에서도 MVP를 탄다면 청소년 국가대표팀으로 선발할 생각은 있으십니까?"

"청룡기는 야구 월드컵 전에 선수들의 기량을 살필 수 있는 마지막 대회입니다. 만약 청룡기에서도 한정훈 선수가 좋은 모습을 보여준다면 1학년이라는 이유만으로 배제되는 일은 없을 겁니다."

박찬오 감독의 인터뷰가 기사를 통해 전해졌지만 협회는 대수롭지 않게 넘겨 버렸다.

"박 감독 인터뷰 봤어?"

"말 잘하던데? 그동안 못 본 사이에 한국어 교습이라도 받았나 보더라고."

"그렇지? 감독으로 뽑아놨다고 쓸데없는 소리 하면 어쩌나 걱정했는데 다시 봤다니까?"

"어쨌든 이제 한정훈 성적이 떨어지는 것만 기다리면 되겠어."

협회는 한정훈이 청룡기에서도 MVP를 탈 거라고 생각하진 않았다. 9할에서 6할로 타율이 추락한 만큼 청룡기에서는

3할 밑으로 떨어질지도 모른다고 웃어댔다.

하지만 한정훈은 첫 경기부터 결승 홈런을 때려내며 존재 감을 과시했다. 그리고 봉황기 때보다 하나 더 많은 6개의 홈 런포를 쏘아 올리며 타격 5관왕과 MVP를 싹쓸이했다.

[서린고 한정훈 MVP 3관왕! 태극호 승선 확정!]
[한정훈! 황금사자기─봉황기─청룡기 MVP 싹쓸이!]
[한정훈, 박찬오의 실력 요구에 MVP로 화답! 태극마크 눈앞!]

기자들은 박찬오의 인터뷰를 들어 한정훈의 대표팀 선발을 기정사실화했다. 박찬오도 자신이 내뱉은 말은 책임을 지겠 다며 한정훈을 청소년 국가대표팀에 합류시키겠다는 의사를 내비쳤다.

그러자 협회가 발칵 뒤집혔다.

"이 인간들이 뭘 잘못 먹었나. 갑자기 왜 이래? 1학년을 대표로 뽑으라니. 그러다 성적 안 나오면 자기들이 책임질 거야?"

"박 감독은 또 왜 이래? 아니, 기자들한테 그런 소릴 하면 어쩌자는 거냐고!"

"한정훈이 잘하긴 하지만 이건 아니지. 야구 월드컵이 올해 만 열리는 것도 아니잖아."

"내 말이 그 말이야. 내후년에 경험 좀 쌓고 선발하면 좀 좋아? 굳이 논란을 무릅쓰고 이래야겠어?"

협회는 박찬오에게 넌지시 수용 불가 방침을 전했다. 세계 대회 우승을 위해 기득권을 내려놓고 전직 메이저리거 박찬오에게 지휘봉을 넘기긴 했지만 그렇다고 해서 지금껏 유지해 왔던 시스템까지 무너뜨릴 수는 없다고 여겼다.

하지만 박찬오도 우승에 도전하기 위한 핵심 퍼즐인 한정훈을 쉽게 포기할 수 없었다.

"협회에서 난리네."

"어느 정도 예상했던 거잖아."

"그래도 여론은 우리 편인 거 같으니까 밀어붙여도 되지 않을까?"

"그것보다 인섭아, 정훈이를 빼고 우승이 가능할까?"

박찬오가 최인섭을 바라봤다.

"누굴 빼자고?"

최인섭이 헛웃음을 흘리더니 심드렁한 표정을 지었다.

"그럼 나도 빼. 협회 들러리 서려고 방송 해설도 포기하고 대표팀에 합류한 거 아니니까."

건너편에 앉아 있던 서재훈도 한마디 거들었다.

"솔직히 투수들만으로는 우승하기 힘들어. 수준급인 애들은 많지만 결승전 같은 큰 경기를 맡길 만한 녀석들은 안 보인다고. 결국 줄 점수는 주고 가야 한다는 건데 정훈이 없으면 버겁지 않을까?"

"흠……."

박찬오가 묵묵히 고개를 주억거렸다. 야수 파트를 책임질 최인섭에 이어 투수 파트를 총괄하는 서재훈까지 한정훈의 필요성을 언급하는데 더는 고민할 이유가 없을 것 같았다.

하지만 청소년 대표팀 감독이라는 이유만으로 무작정 협회의 요구를 거절하기도 쉽지 않았다.

"뭔가 결정적인 게 필요한데……."

박찬오가 혼잣말처럼 중얼거렸다. 그러자 보다 못한 최인섭이 한마디 내뱉었다.

"그럼 쇼케이스라도 하든가."

"쇼케이스?"

"아시안 게임이나 WBC 때도 친선 경기 하잖아. 정훈이 못마땅해하는 사람 다 불러서 보여주자고. 정훈이가 어떤 녀석인지 말이야."

"그거 좋겠네. 어차피 손발을 맞출 겸 연습 경기는 해야 하잖아."

서재훈도 고개를 끄덕였다. 기왕 이렇게 된 거 40명의 후보를 놓고 선수 선발전을 치르는 것도 나쁘지 않아 보였다.

"한번 얘기는 해보자."

박찬오는 곧장 친분이 두터운 협회의 박해일 이사를 찾아 갔다. 협회 개혁 세력 중 한 명인 박해일 이사는 청소년 대표팀 감독 선임 때부터 박찬오에게 꾸준히 힘을 실어주고 있었다.

"박 감독의 뜻이 그렇다면 한번 건의해 보겠습니다."

박해일 이사는 다음 날 협회 측에 임시 회의를 요청했다. 그리고 박찬오의 아이디어에 살을 붙여 비공개 선수 테스트를 통해 대표팀 최종 엔트리를 확정하자는 의견을 내놓았다.

"선수 선발 위원회가 있는데 굳이 그럴 필요가 있겠습니까?"

"내 생각도 같습니다. 우리가 언제부터 언론 눈치를 봤다고 이러는지 모르겠네요. 솔직히 말해 언론이 언제 고교 야구에 신경이나 썼습니까?"

보수적인 임원은 대부분 부정적인 반응을 보였다. 몇몇 이사는 절이 싫으면 중이 떠나면 되는 거 아니냐며 박찬오의 퇴진을 운운하기까지 했다.

반면 개혁 성향의 임원들은 박해일 이사의 의견에 적극 동조했다.

"선수 선발 위원회가 제 역할을 못하고 있으니까 하는 말 아니겠습니까?"

"언론의 눈치를 보자는 게 아니죠. 보다 공정한 선수 선발을 하자는 거 아니겠습니까."

회의는 두 시간가량 이어졌다.

하지만 양측의 주장은 쉽게 좁혀지지 않았다. 오히려 시간이 갈수록 감정적으로 치달았다.

"이래놓고 무슨 우승 타령입니까? 협회가 구태의연하니까 메이저리그로 진출하는 아마 야구 선수의 명맥이 끊어지는 거 아닙니까!"

"아니, 그게 왜 협회 탓입니까? 그리고 프로야구 발전을 위해서라도 지나친 선수 유출을 막아야 하는 게 정상적인 생각 아닙니까?"

"박찬오 감독을 선임할 때 뭐라고 했습니까? 최강 전력 구축하자면서요? 그런데 이게 최강입니까? 미리 짬짜미로 선수 선발 끝내놓고 그 안에서 골라서 데려가라는 게 선발권 보장입니까?"

"짬짜미라니요! 말조심하세요! 지금 선수 선발 위원회를 모욕하는 겁니까!"

"이봐요! 지금 누구한테 삿대질을 하는 거요!"

"먼저 삿대질하셨잖아요!"

"자, 자. 분위기가 너무 과열된 것 같은데 진정들 좀 하시죠."

분위기가 험악해지자 회의를 주관한 조규영 사무처장이 중

재에 나섰다. 잠시 회의를 중단시키고 양측을 대표하는 임원들과 따로 자리를 마련했다.

"비공개 테스트만으로 선수를 선발하는 게 부담스럽다면 선수 선발 위원회 쪽 평가를 일정 부분 받아들여도 상관없습니다."

개혁 세력을 대표하는 박해일 이사가 먼저 타협안을 내놓았다. 하지만 홍만식 기술위원장은 단호하게 고개를 저었다.

"원칙대로 합시다. 이제 와서 무슨 테스트 타령입니까."

"좋습니다. 원칙대로 가시죠. 실력 우선. 최강 전력. 이게 협회 원칙 아닙니까?"

"이봐요, 박 이사. 세계 대회가 애들 장난입니까? 언론이 떠든다고 실력도 검증되지 않은 선수를 데려가야 해요?"

"그러니까 그 실력을 검증해 보자는 거 아닙니까?"

"박 이사는 협회 입장 같은 건 안중에도 없소?"

"그러니까 비공개로 테스트를 하자고 제안한 겁니다. 테스트를 해서 실력이 부족하다고 판단된다면 언론이 뭐라고 떠들건 저부터 나서서 반대하겠습니다."

"허, 됐소. 정말 말이 안 통하는 사람이로구만."

홍만식 기술위원장이 자리를 박차고 일어났다. 최근 들어 협회 개혁을 주장하는 이들의 목소리가 높다지만 아직까지 협회는 기득권 세력이 주도하고 있었다. 힘 싸움을 벌인다면 얼마든지 이길 자신이 있었다.

하지만 개혁 세력도 아무런 대책 없이 일을 벌인 게 아니었다.

"좋습니다. 그렇다면 협회장님께 직접 건의드리죠."

"뭐, 뭐요?"

"그렇지 않아도 협회장님께 드릴 말씀이 많았는데 잘됐네요."

박해일 이사가 신임 협회장을 들먹이자 홍만식 기술위원장의 표정이 와락 일그러졌다.

올 초에 새로 뽑힌 김운영 회장은 개혁적인 성향이 강했다. 프로야구 감독 시절부터 불합리한 처사에 대해서는 쓴소리를 마다하지 않기로 유명했다. 게다가 생긴 것답지 않게 언론 친화적이었다. 언론에서 선수 선발 테스트를 떠들어 대기 시작한다면 김운영 회장 성격상 아예 공개적으로 일을 벌일 가능성이 높았다.

'그렇게 되도록 놔둘 수는 없지.'

홍만식 기술위원장은 마지못해 자리에 주저앉았다. 그리고 박해일 이사의 타협안을 받아들였다.

"공개 테스트는 안 됩니다. 협회 관계자 이외에는 그 누구도 테스트에 참석할 수 없습니다."

"그래도 공증인은 필요하지 않겠습니까? 대회가 끝날 때까지 엠바고 걸고 믿을 만한 기자 몇 명 부르는 게 좋겠습니다. 프로 쪽 관계자들이 함께 오면 더 좋고요."

"그게 공개 테스트와 다를 게 뭡니까?"

"적어도 우승에 실패했을 때 변명의 여지는 있지 않겠습니까? 솔직히 말해 최근 몇 년간 우승에 실패한 가장 큰 이유가 지도력 부재 때문은 아닐 테니까요."

"좋습니다. 대신 주먹구구식 테스트는 안 됩니다. 대학 야구팀 섭외해서 제대로 평가할 겁니다."

"그건 제가 부탁드리고 싶은 겁니다. 가능하면 프로팀도 좋습니다. 마땅한 상대가 없다면 제가 일본 쪽에 알아볼 수도 있습니다."

"됐습니다. 대신 선수 선발 위원회의 의견을 50퍼센트 수용하겠다고 약속하십시오."

"50퍼센트는 지나치고 20퍼센트 수용하겠습니다. 어차피 학년별 가중치가 적용된 평가 아닙니까."

"정말 이런 식으로 나올 겁니까?"

"그게 싫으면 협회장님 찾아뵙는 수밖에요."

이번엔 박해일 이사가 자리에서 먼저 몸을 일으켰다. 그러자 조규영 사무처장이 냉큼 박해일 이사의 팔을 붙잡았다.

"박 이사님, 그렇게 하시죠."

조규영 사무처장이 홍만식 기술위원장을 대신해 제안을 받아들였다. 그러면서 슬쩍 홍만식 기술위원장에게 눈치를 줬다. 따로 생각한 게 있으니 잠자코 있으라는 신호였다.

"알겠습니다. 그럼 저는 처장님만 믿고 나가보겠습니다."

박해일 이사는 한통속이나 다름없는 조규영 사무처장과 홍만식 기술위원장을 위해 먼저 자리를 비켜주었다. 분위기상 둘 사이에 나눌 이야기가 많을 거라 여겼다.

아니나 다를까. 박해일 이사가 방을 나서기가 무섭게 홍만식 기술위원장이 불만을 터뜨렸다.

"징징거린다고 다 받아주면 어떻게 합니까!"

"그럼 어쩝니까? 협회장을 물고 늘어지는데."

"그래도 거부할 건 거부했어야죠!"

"그러다 정말로 협회장 찾아가면요? 가뜩이나 협회를 쥐고 흔들고 싶어서 안달인 협회장에게 건수 만들어줄 일 있습니까?"

"후우……. 어쨌든 이래서는 곤란합니다. 고작 20퍼센트예요."

홍만식 기술위원장이 답답하다는 표정을 지었다. 기술위원회와 선수 선발 위원회의 선수 평가가 20퍼센트밖에 반영되지 않는다면 뽑혀야 할 선수들이 대거 탈락하게 될지도 몰랐다.

하지만 조규영 사무처장은 차라리 잘됐다고 말했다.

"저쪽에서 불만을 갖는 건 한정훈인지 뭔지 하는 그 1학년 하나지만 우린 걸린 선수가 여럿입니다. 그러니 이참에 설계 한번 하죠."

"설계요?"

"공개 테스트에서 우리 쪽 선수들이 잘한다면 저쪽도 군말 없이 받아들여야 하는 거 아니겠습니까?"

조규영 사무처장이 입가를 비틀어 올렸다. 협회장 선거에서 패배하며 다소 궁지에 몰리긴 했지만 박해일 이사의 바람대로 호락호락 당해줄 생각은 눈곱만큼도 없었다.

2

사흘 후.

청소년 대표팀 예비 명단에 포함된 선수 전원이 목동 야구장에 모였다.

비공개 테스트에 초청된 기자들은 카메라 대신 눈으로 선수들을 훑었다.

"나 온 거 같은데?"

"그러게 말이야. 알아서 몇 명 빠질 줄 알았는데 의외네."

"그건 그렇고, 서린은 어딜 가나 눈에 띄네."

"여섯 명이나 뽑혔잖아. 그럴 만하지."

"한뚱하고 강승혁, 최주찬, 김진태 그리고 또 누구더라?"

"안시원하고 박지승."

"저 중에 몇 명이나 살아남을까?"

"글쎄. 일단 세 명은 확정적인데 나머지는 봐야 하지 않겠어?"

"셋? 넷이 아니라?"

"으이그. 오늘 비공개 테스트를 왜 한다고 생각하는 거야?"

"설마 한정훈 뽑자고 이 난리인 거야?"

"잘하니까 데려가긴 해야겠는데 1학년 뽑았다가 문제 생기면 탈이 생길까 걱정이니까 면피용 쇼를 하려는 거지."

"허, 한정훈이 대단하긴 대단하네."

"그럼. 대단한 놈이지. 오늘 경기에서도 대단해야 하고 말이야."

기자들의 기대 어린 시선이 자연스럽게 한정훈에게 몰려들었다. 오늘 비공개 테스트에서 한정훈이 어떤 활약을 펼치느냐에 따라 오후에 나갈 기사의 제목이 달라질 수밖에 없었다.

"40명이니까 두 팀 정도로 나누겠지?"

"그렇겠지. 경의대하고 성인대가 왔으니까."

"그런데 왜 한성대는 안 온 거야?"

"한성대 총감독이 김운태 감독이잖아. 괜히 한성대 불렀다가 문제 생길까 봐 그런 거겠지."

"김운태 감독이 이런 일에 수작 부릴 양반은 아닌 걸로 아는데?"

"그 반대일 수도 있지."

"반대라니?"

"이런 일에 수작 부리고 싶어 하는 누군가가 한성대를 배제했을 가능성이 높다고."

협회에서 청소년 대표팀의 테스트 상대로 초청한 대학 야구팀은 경의 대학교와 성인 대학교였다.

경의 대학교는 한성 대학교, 인아 대학교, 동인 대학교와 함께 올해 대학 리그 빅4로 꼽혔다. 반면 성인 대학교는 2015년 대통령배에서 우승한 이후로 내리막길을 걷고 있었다.

"오늘 중으로 네 경기를 치르긴 어려울 테고…… 결국 복불복인가?"

"그래도 모르지. 성인대도 자존심이 있는데 쉽게 져 주겠어?"

"성인대는 솔직히 에이스도 없잖아. 베스트 멤버로 붙으면 해볼 만하다고."

"그래도 경의대는 어려울걸? 아까 보니까 조성진도 와 있던데?"

"뭐? 조성진이 왔다고?"

뜻밖의 정보를 전해 들은 기자들이 술렁거렸다. 설마하니

친선 경기에 경의 대학교 에이스 조성진이 왔을 줄은 몰랐던 것이다.

조성진의 등장에 당황한 건 대표팀 선수들도 마찬가지였다.

"뭐야? 저 사람 조성진이잖아?"

"젠장, 망했네. 아니, 저 형이 여길 왜 온 거야?"

"왜 그래? 유명한 선수야?"

"넌 조성진도 모르냐? 대학 리그 투수 랭킹 1위라고!"

조성진은 자타공인 현 대학 리그 최고의 투수였다. 우완정통파 투수로 190㎝의 큰 키에서 내리꽂는 포심 패스트볼은 묵직하기로 정평이 나 있었다.

"에이, 설마 조성진이 나오겠어?"

"그래, 맞아. 그냥 구경 온 거겠지."

"그걸 어떻게 장담해? 조성진이 진짜 올라오면 어쩌려고?"

"야! 조용히 해! 넌 이제부터 아무 말도 하지 마. 우리 엄마가 말이 씨가 된다고 그랬어."

대표팀 선수들은 조성진이 벤치를 지켜주길 바랐다. 아무리 연습 경기라고는 하지만 경의 대학교 베스트 전력과 맞붙고 싶진 않았다.

하지만 정작 조성진은 보란 듯이 몸을 풀기 시작했다.

"정훈아, 가능하면 같은 팀에 배정되자."

괜히 불안해진 최주찬이 한정훈에게 바짝 붙어 섰다. 대학 야구팀 주전 선수들과 싸워야 한다면 잘하는 선수들과 팀을 짜는 게 유리했다.

그러나 한정훈은 최주찬과 함께할 생각이 없었다.

"괜히 나 때문에 피 보지 말고 형은 다른 팀 가요."

"싫어. 인마. 너랑 같은 팀 할 거야."

"형 그러다 진짜 경의대 걸려요."

"경의대 걸려도 상관없어. 너하고 승혁이만 있으면 돼."

최주찬이 멀뚱히 서 있는 강승혁까지 잡아끌었다. 그러 자 김진태와 안시원, 박지승까지 한정훈의 주변으로 모여 들었다.

"이러다 다들 경의대 걸리면 어쩌려고 그래요?"

한정훈이 답답하다는 얼굴로 말했다. 이 자리에 모인 사람 중에 경의 대학교가 성인 대학교보다 한 수 위의 팀이라는 걸 모르는 사람은 없었다. 아마 다들 경의 대학교를 피하고 성인 대학교와 경기를 하고 싶어 할 터.

그렇다면 여섯이 뭉치기보다 셋씩 편을 갈라 일부라도 성 인 대학교를 상대하도록 하는 게 합리적이었다.

하지만 서린 고등학교 선수들은 막무가내였다.

"정훈이 말 들었지? 이러다 전부 경의대 걸릴 수도 있으니 까 반 가르자."

"좋아. 말 꺼낸 김에 승혁이 너부터 떨어져."

"그런 게 어디 있어? 가위바위보로 해."

"싫어. 난 무조건 정훈이하고 같은 편 할 거야."

"저도요. 느낌상 정훈이가 왠지 경의대 걸릴 거 같으니까 형들은 편히 성인대 쪽으로 가세요."

누구 하나 한정훈과 떨어지려 하지 않았다.

이유는 간단했다. 한정훈이 지난 세 차례 전국 대회에서 보여주었던 실력을 믿기 때문이었다.

"하아, 나도 몰라요. 알아서들 해요."

한정훈이 질렸다며 고개를 흔들었다. 그러면서도 설마하니 이대로 같은 팀이 될 것이라고는 생각하지 않았다.

청소년 대표팀 최종 선발을 위한 비공개 테스트라면 보다 그럴듯한 원칙으로 팀 배정이 이루어질 것이라고 생각했다.

하지만 테스트를 주관하는 협회 기술위원회에서는 임의적으로 팀을 나눠 버렸다.

그 결과 서린 고등학교 전원이 경의 대학교를 상대할 A팀 멤버로 낙점됐다.

"젠장, 진짜네."

"후우……."

"이제 어쩌냐?"

"어쩌긴 뭘 어째. 이대로 싸워봐야지."

서린 고등학교 선수들은 뒤늦게 투덜거렸다. 하지만 A팀에 호명된 다른 학교 선수들처럼 절망하진 않았다.

"보아하니 진태, 네가 선발 같은데 퍼펙트 가능하지?"

"물론이지. 주찬이 네가 사이클링 히트할 거잖아. 안 그래?"

"내가 사이클링 히트하면 승혁이는 홈런 세 개쯤 때리나?"

"야, 몇 타석 돌아올지도 모르는데 홈런 세 개를 어떻게 치냐?"

"그럼 정훈이 네가 쳐, 홈런."

"그래. 네가 쳐라, 홈런."

"기왕 칠 거 두 개 쳐라."

"두 개 받고 하나 더!"

"칠 거면 좀 일찍 쳐 줘라. 그래야 나도 편히 던지지."

최주찬을 비롯해 강승혁과 김진태, 박지승, 안시원까지 한정훈을 바라보며 웃었다. 설사 대학 리그 빅4라는 경의 대학교의 벽을 넘지 못하더라도 한정훈이 있는 한 형편없이 무너지지는 않을 것 같았다.

서린 고등학교 선수들이 중심을 잡자 다른 선수들도 하나둘씩 정신을 차렸다.

"야, 서린. 너희 믿고 가도 되는 거지?"

"얌마. 그래도 여기까지 온 차비는 해라. 알았지?"

"나 우리 엄마가 태워다 줬거든?"

"그래도 너희랑 해서 다행이다."

A팀에 배정된 선수는 총 20명. 서린 고등학교를 제외하고는 대부분이 지방 학교 선수들이었다.

하지만 전체적인 실력만 놓고 보자면 성인 대학교를 상대할 B팀보다 나았다. 아무래도 황금사자기부터 시작해 봉황기와 청룡기까지 3개의 전국 대회에서 우승한 서린 고등학교 주축 멤버들의 무게감을 무시하기 어려웠다.

"일단 주전급들은 여기 다 모인 거 같은데…… 이 정도면 한번 비벼볼 만하지 않냐?"

"비비긴 뭘 비벼. 우리가 비빔면이냐?"

"헐, 너 지금 아재 개그 친 거야?"

"시끄럽고 선발은 누가 할 거야? 일단 그거부터 빨리 정하자."

"선발이 중요할까? 보나마나 줄줄이 털릴 텐데."

"그럼 먼저 털리는 게 낫겠지. 내가 할게."

선발 자리를 두고 김진태가 먼저 손을 들었다. 누군가의 말처럼 경의 대학교 타자들을 상대로 오래 버티긴 어렵겠지만 적어도 중간 계투로 나가고 싶진 않았다.

"현민이하고 석훈이 네 생각은 어때?"

최주찬이 양현민과 조석훈의 의사를 물었다.

광주 동선 고등학교 양현민과 대명 상업 고등학교 조석훈은 최정환, 김진태, 김강희와 함께 현 고교 야구 최고의 투수로 꼽혔다.

메이저리그 진출 소문이 무성한 최정환을 빼고는 다들 실력도 비등비등했다. 우승 효과 때문에 김진태의 평가가 최정환급으로 격상되긴 했지만 그렇다고 해서 양현민과 조석훈을 무시할 수 있는 정도는 아니었다.

하지만 서린 고등학교 선수가 6명이나 있는 상황에서 양현민과 조석훈이 선발 욕심을 내기란 쉽지 않았다.

"난 순서는 상관없어."

"나도, 대신 주자는 남기지 말자. 뒷사람이 부담스러우니까."

"그럼 좋아. 일단 진태부터 나가는 걸로 하고 나머지 순서는 타자들 봐가며 정하자."

최주찬은 서린 고등학교에서처럼 주도적으로 나서서 상황을 정리했다. 그 모습을 멀리서 지켜보던 최인섭과 서재훈이 피식 웃음을 흘렸다.

"주찬이 녀석, 제법 리더십이 있는데?"

"그러게 말이야. 나중에 봐서 주장시켜도 되겠어."

"그전에 테스트에 통과해야지."

"주찬이 정도면 뭐 확정 수준이지. 그보다 정훈이가 잘해줘야 할 텐데 걱정이야."

최인섭의 시선이 최주찬을 지나 한정훈에게 향했다. 한정훈을 대표팀에 합류시키기 위해 판을 벌였는데 만에 하나 한정훈이 부진하기라도 하면 큰일이었다.

"정훈이하고 승혁이 그리고 주현이로 클린업을 짜면 해볼 만은 하겠지?"

"그 정도면 대표팀 클린업으로 해도 손색이 없지."

"그런데 2번은 누가 치지? 1번은 주찬이가 본다지만······."

최인섭이 다시 눈을 돌렸다. 그러나 A팀에 선발된 이들 중 최주찬과 중심 타선을 연결시켜 줄 만한 선수는 보이지 않았다.

"어떻게든 되겠지 뭐. 설마 정훈이 2번 시킬까?"

서재훈이 대수롭지 않게 웃어넘겼다. 하지만 자신의 농담처럼 한정훈이 최주찬에 이어 대기 타석에 들어서자 표정이 달라졌다.

"뭐야, 저 녀석들. 정훈이 어리다고 2번 시킨 거야?"

서재훈은 A팀 선수들이 나이를 앞세워 한정훈을 중심 타선에서 밀어낸 거라고 여겼다. 그러나 주인이 없는 2번 타자를 고른 건 다름 아닌 한정훈이었다.

최주찬을 비롯해 다른 선수들은 한정훈이 3번을 쳐야 한다고 말했다. 하지만 한정훈은 자신의 타석 앞에서 무의미하게 아웃카운트가 늘어나는 걸 바라지 않았다. 게다가 A팀 선수

중에 한정훈보다 출루율이 높은 사람은 없었다.

"저 예전에 테이블 세터도 했어요. 그러니까 제가 할게요."

"네가 테이블 세터를? 중학교 시절 단 하루도 날씬했던 적이 없다는 네가?"

"중학교 때 말고요. 암튼 낯설진 않으니까 제가 할게요."

한정훈은 적당히 말을 얼버무렸다. 그렇다고 과거로 돌아오기 전에 최주찬을 대신해 2번 타순을 쳤다는 말을 할 수는 없었다.

"그럼 아예 2번은 없는 걸로 하자."

"그래, 그게 좋겠다."

괜히 미안해진 선수들은 한정훈을 2번 타자가 아닌 3번 타자로 대하자고 입을 모았다. A팀은 물론이고 오늘 모인 40명의 선수 중에서 전국 대회 MVP 3관왕인 한정훈에게 2번 타자로서의 역할을 강요할 수 있는 사람은 아무도 없었다.

하지만 한정훈은 첫 타석만큼은 테이블 세터로서의 본분에 충실할 생각이었다.

"주찬이 형은 공을 오래 보는 스타일이 아니니까."

한정훈이 사세를 낮추고 최주찬의 타격을 지켜보았다. 걸어 나가느니 치고 나간다는 최주찬이 오늘이라고 다를 것 같진 않았다.

따악!

한정훈의 예상대로 최주찬은 초구에 몸 쪽 빠른 공이 날아들자 망설이지 않고 방망이를 내돌렸다.

방망이 안쪽에 걸린 타구는 3루수가 달려들기 직전에 3루 파울라인 밖으로 굴러 나갔다.

"으이그. 볼이었는데."

등 뒤에서 누군가의 탄식이 터져 나왔다.

그러나 한정훈은 최주찬을 이해했다. 몸 쪽 빠른 공을 좋아하는 최주찬에게 초구는 도저히 참기 어려운 유혹일 수밖에 없었다.

'또다시 몸 쪽으로 붙일까? 아니면 바깥쪽으로 도망치는 슬라이더를 던질까?'

한정훈의 시선이 마운드에 선 조성진에게 향했다. 현 대학 최고의 투수로 불리는 조성진이 한 수 아래인 고등학교 선수를 상대로 어떤 레퍼토리를 가져갈지 궁금해졌다.

조성진의 결정구는 우타자 바깥쪽으로 휘어지는 각이 큰 슬라이더와 좌타자의 바깥쪽으로 흘러 나가는 포크볼 두 가지였다.

최주찬을 상대로 슬라이더를 던질 생각이라면 다시 한번 몸 쪽으로 빠른 공을 찔러 넣는 것도 나쁠 것 같지 않았다.

하지만 조성진은 고작 고등학교 선수를 상대로 벌써부터 결정구를 꺼내 들 생각이 없었다.

퍼엉!

퍼엉!

2구째 몸 쪽 포심 패스트볼에 이어 3구째 바깥쪽 낮게 깔리는 포심 패스트볼을 던져 최주찬을 3구 삼진으로 잡아냈다.

"젠장, 속았다. 포심이 갑자기 빨라졌어."

최주찬이 더그아웃으로 들어가며 투덜거렸다.

"포심으로 구속 조절을 한다 이거지?"

한정훈은 고개를 끄덕이며 타석에 들어섰다. 자신들을 완전히 깔보는 줄 알았는데 오프스피드 피치를 구사하는 걸 보니 힘만 앞세우려는 건 아닌 모양이었다.

'히팅 포인트를 조금 앞쪽에 두자.'

한정훈은 평소보다 스탠스를 10㎝ 정도 좁게 잡았다. 그리고 겨드랑이에 팔꿈치를 붙인 뒤 조성진의 몸 쪽 공에 대비했다.

'웃기는 놈일세.'

마운드에 선 조성진이 슬쩍 입가를 비틀어 올렸다. 고등학교 1학년 선수가 프로 선수 흉내를 내고 있으니 그지 웃음만 났다.

포수 박찬식도 한정훈의 준비 자세를 대수롭지 않게 여겼다. 그래서 초구부터 몸 쪽 포심 패스트볼을 요구했다.

'어디 이 녀석은 얼마나 반응하나 볼까?'

느긋하게 호흡을 고른 뒤 조성진이 빠르게 투구판을 박차고 나왔다.

후앗!

조성진의 손끝을 빠져나간 공이 눈 깜짝할 사이에 몸 쪽으로 파고들었다. 한정훈이 인 앤 아웃 스윙으로 대항해 봤지만 공은 한발 먼저 홈플레이트를 스쳐 지나가 버렸다.

'빠르다.'

한정훈은 고개를 돌려 공의 도착점을 살폈다.

포수 박찬식의 미트는 옆구리 쪽에 걸쳐 있었다. 대기 타석에서 지켜봤을 때보다 공이 더 살아 들어온 모양이었다.

한정훈이 다시 전광판을 바라봤다.

전광판 구석에 찍힌 구속은 149㎞/h. 하지만 타석에서 느낀 체감 구속은 그보다 5㎞/h 정도는 빨라 보였다.

'대학 리그 최고의 투수라 이건가.'

잠시 숨을 고른 뒤 한정훈은 타격 스탠스를 조금 더 좁혔다. 같은 150㎞/h라 해도 고교리그의 포심 패스트볼과 조성진의 포심 패스트볼은 느낌부터가 달랐다. 고교 투수 랭킹 1위라는 최정환의 공도 조성진처럼 뻗는 맛은 없었다.

'또다시 몸 쪽이면…… 한번 쳐 보자.'

오른손 새끼손가락으로 로브를 감싸며 한정훈이 방망이를 들어 올렸다.

그 순간.

후앗!

조성진의 공이 또다시 몸 쪽으로 날아왔다.

한정훈은 가볍게 들어올린 오른발을 단단히 내디뎠다. 그리고 팔꿈치를 옆구리에 붙인 채로 방망이를 빠르게 끌고 나왔다.

따악!

홈플레이트 코앞에서 공과 방망이가 부딪쳤다.

하지만 타구는 포수의 미트 끝을 스치고 뒤쪽으로 넘어가 버렸다. 타이밍은 얼추 맞았지만 조성진의 구위를 이겨내지 못한 것이다.

"후우……."

한정훈이 한숨을 내쉬며 타석에서 한 발 물러섰다. 그러자 미트를 고쳐 끼던 포수 박찬식이 슬그머니 말을 걸었다.

"어때? 생각보다 묵직하지?"

"네, 손바닥이 엄청 울리네요."

"그래도 너 대단하다. 공 하나 보고 성진이 공을 따라가고 말이야."

"겨우 쫓아갔는데요, 뭘."

한정훈은 이번 타격에 큰 의미를 부여하지 않았다. 초구와 거의 똑같은 공이 들어왔는데도 방망이가 밀렸다는 건 실력

차이라고밖에 볼 수 없었다.

하지만 박찬식은 한정훈의 적응력을 높이 평가했다.

'고교 야구에 괴물이 나타났다고 해서 어떤 녀석인가 궁금했는데…… 생각 이상이네. 조심해야겠어.'

자리에 앉은 박찬식이 3구째 바깥쪽으로 빠져나가는 포심 패스트볼을 요구했다. 다시 몸 쪽으로 승부를 걸기 위해서라도 바깥쪽 공을 하나 정도 보여줄 필요가 있었다.

그러나 조성진은 단호하게 고개를 저었다. 파울이나마 2구를 건드렸다는 사실에 자존심이 상한 것이다.

조성진은 개인적으로 한정훈이 마음에 들지 않았다. 같은 아마 야구 선수로서 잘하는 후배를 보면 기특한 마음이 들게 마련이지만 한정훈만은 예외였다.

한정훈이 고교 야구 기사 지분의 절반 이상을 차지하는 것도 싫었고 전국 대회 MVP와 각종 수상을 싹쓸이하는 것도 싫었다. 무엇보다 한정훈이 1학년이라는 게 가장 싫었다.

휘명 고등학교 시절 조성진은 한 학년 어린 후배에게 치여 제대로 빛을 보지 못했다. 1학년 때부터 혹사 아닌 혹사를 당하다 어깨를 다쳐 수술까지 받았건만 학교는 조성진을 폐물 취급했다. 대신 신임 감독이 데려온 후배를 전폭적으로 지원했다.

결국 이렇다 할 기회조차 잡지 못하고 드래프트에서 떨어진 조성진은 이를 악물고 경의 대학교로 진학했다. 그리고 2년간 철저하게 몸을 만든 뒤 지난해부터 꾸준히 경기에 출전해 올해 대학 리그 최고의 투수라는 영예를 얻어냈다.

올해 두 번째 프로 입시를 준비 중인 조성진은 내심 1차 지명을 노렸다. 트윈스가 올해 다소 부진한 한성 대학교 에이스 문기혁보다는 자신을 뽑을 거라 기대했다.

그런데 이제 고등학교 1학년인 한정훈을 두고 몇몇 기자가 올해 드래프트에 참가해도 최소 2차 1라운드 지명은 받을 거라고 떠들어 대고 있으니 한정훈을 좋게 보려 해도 그럴 수가 없었다.

'어디, 이것도 한번 쳐 봐라.'

조성진이 단단히 공을 움켜쥐었다. 그리고 한정훈의 옆구리 쪽을 겨냥해 힘껏 팔을 내던졌다.

후앗!

조성진의 손끝을 빠져나간 공이 초구보다 더 빨리 몸 쪽으로 파고들었다. 한정훈이 반 박자 정도 빨리 시동을 걸었지만 이번에도 공은 백네트 쪽으로 넘어가 버렸다.

"후우……."

미쳐 다 태워내지 못한 숨을 내쉬며 한정훈이 전광판으로 눈을 돌렸다.

156km/h

앞선 타석에서 최주찬을 꼼짝도 못하게 만들었던 조성진 표 광속구였다.

하지만 좋은 공을 던진 조성진은 물론이고 박찬식도 표정이 별로 밝아 보이지 않았다.

"저 자식이."

조성진은 한정훈을 헛스윙 삼진으로 돌려세우지 못해 짜증이 났다.

"아슬아슬했다."

박찬식은 한정훈이 조성진의 진짜 포심 패스트볼에도 반응했다는 게 신경 쓰였다.

'변화구를 써야 하나?'

포수 마스크를 고쳐 쓰며 박찬식이 잠시 고심에 빠졌다. 고등학교 선수를 상대로 변화구까지 던져서야 되겠냐며 조성진과 농담을 주고받긴 했지만 빠른 공에 동물적으로 반응하는 한정훈을 잡아내려면 아무래도 유인구를 섞어야 할 것 같았다.

그때였다.

"타임 좀 부탁드립니다."

막 타석에 들어서려던 한정훈이 구심에게 양해를 구하고 더그아웃으로 들어가더니 방망이를 바꿔 들고 나타났다.

'방망이가 깨졌나?'

박찬식은 대수롭지 않게 넘겼다. 반면 조성진은 슬쩍 입가를 비틀어 올리며 좋아했다. 깨진 방망이를 통해 자신이 한 수 위라는 사실이 증명됐다고 여긴 것이다.

'고작 이런 걸로 좋아하는 건 좀 그렇지만 승부는 승부니까. 잘 가라, 애송아.'

두 차례 고개를 흔들던 조성진은 몸 쪽 포심 패스트볼 사인에 고개를 끄덕였다. 그러고는 이번에야말로 끝내겠다며 이를 악물고 공을 내던졌다.

후앗!

조성진의 손끝을 빠져나온 공이 한복판을 지나 한정훈의 몸 쪽을 향해 빠르게 날아들었다. 가뜩이나 팔이 긴 조성진이 릴리스 포인트를 최대한 앞쪽으로 끌고 나오니 정말로 코앞에서 공을 던지는 것 같은 착각이 들었다.

그러나 한정훈은 당황하지 않았다. 앞선 타석 때처럼 반 박자 빠르게 어프로치를 시작한 뒤 빠르게 허리를 돌려 기어코 홈플레이트 앞쪽으로 방망이를 밀어냈다.

따악!

순간 날카로운 타격음이 경기장에 울려 퍼졌다. 뒤이어 쭉 뻗은 타구가 1루 라인선상을 따라 뻗어 나갔다.

"어어!"

긴장이 풀려 있었던 우익수 홍인정이 재빨리 공을 향해 내달렸다. 하지만 타구는 마지막 순간에 1루 파울라인 바깥쪽으로 휘어져 나가 버렸다.

"후우……. 엿될 뻔했네."

파울 지역까지 내달렸던 홍인정이 가슴을 쓸어내렸다. 그러면서 괜히 조성진을 탓했다.

"성진이 저 새끼는 에이스라는 게 뭐 하자는 거야. 고등학생한테 얻어맞고."

홍인정은 드래프트를 코앞에 두고 나사가 풀린 조성진이 실투를 얻어맞은 거라고 여겼다.

하지만 정작 조성진은 당혹감을 감추지 못했다.

'쳤어? 그걸?'

조성진이 고개를 돌려 전광판을 바라봤다.

157㎞/h.

일주일 전 공식전에서 기록한 최고 구속보다 1㎞/h가 더 빠른 공이었다.

그런데 그걸 때려냈다. 그것도 정확하게 방망이 중심부로 공을 맞혀냈다.

'뭐가 어떻게 된 거야?'

당황한 건 박찬식도 마찬가지였다. 조성진의 고집에 마지못해 몸 쪽 포심 패스트볼 사인을 낼 때까지만 해도 구위로 누를 수 있다는 확신을 가지고 있었다.

하지만 조금 전 한정훈의 스윙은 앞선 타석 때보다 날카롭게 허리를 빠져나왔다. 마치 무림의 고수가 절체절명의 순간 숨겨 놓은 비장의 한 수를 펼치듯 말이다.

"방금 뭐였지?"

"글쎄, 공이 와서 맞아준 건가?"

"아무래도 그렇겠지?"

"그럼, 아무리 한뚱이라 해도 조성진의 공을 제대로 받아치려면 멀었다고."

관중석에서 경기를 지켜보던 기자들은 운 좋게 하나 얻어걸린 거라 여겼다.

전문가들도 마찬가지.

"저 녀석, 제법인데?"

"그러게 말이야. 어린 게 승부욕은 대단하다니까."

한정훈의 오기가 제법 날카로운 타격을 만들어낸 것뿐이라고 평가절하했다.

하지만 오랫동안 한정훈을 관찰해 온 최인섭은 터져 나오는 웃음을 참지 못했다.

"하아, 진짜 여우 같은 곰이 따로 없다니까."

"뜬금없이 뭔 소리야?"

"정훈이 말이야. 정말 고등학생 맞아?"

"갑자기 무슨 말을 하고 싶은 건데?"

"뭐야, 형 설마 모르는 거야?"

"그러니까 뭘?"

서재훈이 영문을 모르겠다는 표정을 지었다. 그러자 최인섭이 실망이라며 고개를 흔들었다.

"정훈이 아까 더그아웃 들어갔다 나왔잖아. 그때 아무것도 못 본 거야?"

"방망이 바꾼 거? 그게 왜?"

"그게 왜라니? 정훈이가 방망이를 왜 바꿔 들었는데?"

"그야 방망이가……. 뭐야, 설마 그런 거였어?"

"그래, 정훈이 저 녀석. 방망이 무게를 줄였다고."

"허, 대박이다 진짜. 저 녀석 고등학생 맞냐?"

서재훈이 뒤늦게 입을 벌렸다. 설마하니 한정훈이 조성진의 공을 맞히기 위해 방망이를 바꿔 들었을 줄은 미처 생각하지 못한 것이다.

"정말 난놈이라니까. 보통 저런 상황에서는 억지로 스윙만 빨리 하려고 하거든."

"투수가 4번 타자를 상대할 때 어깨에 힘이 들어가는 것과 비슷한 건가?"

"지고 싶지 않은 건 투수나 타자나 마찬가지니까."

"하지만 그러다 보면 결국 무리를 할 수밖에 없다고."

"그렇지. 스탠스를 바꾸거나 스윙을 간결하게 하는 것으로는 한계가 있으니까."

"게다가 내가 보기에 정훈이는 스윙이 좀 큰 편이야. 고교 리그에서야 그 부분이 크게 두드러지진 않겠지만 조성진급 투수를 상대할 때는 약점이 될 수밖에 없다고."

"그래서 성진이가 주야장천 몸 쪽 포심만 던졌잖아."

"그런데 네 말대로면 정훈이가 먼저 패배를 시인한 거네?"

"패배를 시인했다기보다는 영리하게 판을 바꿔 버린 거지. 성진이가 주도하는 싸움에서는 이기기 힘들다는 걸 쿨하게 인정한 거야."

"뭘 또 쿨씩이나 가져다 붙이고 그래?"

"형은 투수니까 잘 모르나 본데 타자가 상대하는 투수를 한 수 위로 인정한다는 게 얼마나 어려운 일인 줄 알아? 나 메이저리그에 있을 때 에이스급 투수만 나오면 괜히 이를 악물고 덤벼들었다고. 하지만 나이 먹고 생각해 보니 그게 정답이 아니었어. 투지 넘치는 것도 좋지만 내가 먼저 쫓기는 마음이 들면 타격 밸런스가 흐트러지고 임팩트 순간에 힘을 싣기도 어렵더라고."

"그렇겠지. 투수도 릴리스에 신경 쓰지 않으면 공이 날리니까."

"특히나 나나 정훈이 같은 슬러거형 타자들은 자신만의 스타일대로 타격하는 게 최선이야. 괜히 투수에 맞춘답시고 이

것저것 바꾸다 보면 답이 없어져."

"그러니까 네 말은 이제 고등학교 1학년인 한정훈이 자신의 스타일대로 조성진을 상대하기 위해 방망이를 바꿔 들었다 이거지?"

"바로 그거야. 못 믿겠으면 한번 지켜보라고. 조성진이 계속해서 주도권을 쥘 수 있는지 말이야."

최인섭은 이제 곧 한정훈이 조성진을 몰아붙일 거라 확신했다. 반면 서재훈은 제아무리 한정훈이라 하더라도 실력의 차이를 쉽게 좁히긴 어려울 거라 내다봤다.

"지는 사람이 저녁 쏘기 콜?"

"콜! 메뉴는?"

"그야 이긴 사람 마음대로지."

"이거 오랜만에 한우 배터지게 먹겠는데?"

"그거 내가 할 소리야. 형은 형수한테 혼날 준비나 하라고."

최인섭과 서재훈이 웃고 떠드는 동안 박찬식이 마운드에 다녀갔다. 흥분한 조성진을 달래며 볼 배합을 바꾸기 위해서였다.

하지만 조성진은 단호했다. 홈런도 아니고 파울 하나로 한정훈을 인정할 생각이 눈곱만큼도 없어 보였다.

'저러다 하나 얻어맞아 봐야 정신 차리지.'

자리로 돌아온 박찬식은 5구째 바깥쪽 포심 패스트볼을 요구했다. 조성진이 눈매를 일그러뜨렸지만 사인을 바꾸진 않았다. 타이밍을 맞춘 타자에게 5구 연속 몸 쪽 승부는 미친 짓이었다.

조성진도 마지못해 고개를 주억거렸다. 그러고는 박찬식이 요구한 것보다 더 바깥쪽으로 공을 던졌다.

퍼엉!

조성진이 투구판을 박참과 동시에 타격 자세에 들어갔던 한정훈은 방망이를 멈춰 세우고 공을 지켜봤다.

'이 녀석 공 잘 보는 거 모르냐? 이렇게 뻔한 공으로는 안 된다니까.'

박찬식은 6구째 다시 같은 사인을 냈다. 확연하게 빠져 버린 바깥쪽 공으로는 한정훈도 속지 않을 거라 여겼다.

하지만 조성진은 기다렸다는 듯이 고개를 흔들었다.

'젠장, 네 맘대로 해라.'

박찬식이 마지못해 몸 쪽으로 미트를 들어올렸다. 그 미트를 향해 조성진이 기합까지 내지르며 공을 내던졌다.

후앗!

조성진의 손끝을 빠져나간 공이 곧장 한정훈의 가슴 쪽으로 날아들었다. 힘 좀 쓴다는 타자들이 가장 좋아한다는 하이 패스트볼로 한정훈의 헛스윙을 유도한 것이다.

그러나 한정훈은 파워 포지션 상태에서 그대로 공을 흘려 버렸다. 공을 맞히기에 급급했던 때라면 방망이가 끌려 나갔겠지만 지금은 굳이 볼을 때릴 필요가 없었다.

"볼!"

구심이 짧게 소리쳤다. 그렇게 투 스트라이크 노 볼이던 볼카운트가 순식간에 투 스트라이크 투 볼로 바뀌었다.

"젠장."

조성진이 툴툴거리며 로진백을 집어 들었다. 대학 리그 타자들도 곧잘 속는 하이 패스트볼을 던졌는데 한정훈은 눈 하나 까딱하지 않았다. 마치 하이 패스트볼이 들어오리라고 예상이라도 한 것 같았다.

'사인이 노출됐을 리는 없을 테고 뭐지? 그냥 하나 기다려 본 건가?'

손에 묻은 로진 가루를 길게 불어내며 조성진은 마음을 다잡았다. 볼카운트만 놓고 보자면 타자에게 유리했다. 풀카운트에 대한 부담감 때문에 투수들이 주로 스트라이크를 던지려 들기 때문이었다.

하지만 조성진은 그런 평범한 투수가 아니었다.

'내가 스트라이크를 던질 거라 생각하겠지만…… 어림없다.'

조성진은 바깥쪽 낮은 스트라이크를 던지라는 박찬식의 사인을 가볍게 무시했다. 대신 박찬식의 미트보다 공 두 개 정도 바깥쪽을 겨냥해 빠르게 공을 내던졌다.

후앗!

조성진의 손끝을 빠져나간 공이 한복판을 지나 바깥쪽으로 빠져나갔다. 포심 패스트볼 하나만 노리고 있는 타자 입장에서는 걸러내기가 쉽지 않은 공이었다.

그러나 한정훈은 공이 절반쯤 날아든 순간에 일찌감치 방망이를 멈춰 세웠다. 공의 움직임이 5구와 유사해 보였던 것이다.

그리고 그 판단은 조성진을 몰아붙이는 체크메이트가 됐다.

"볼."

구심이 짧게 내뱉었다. 박찬식이 프레이밍을 시도해 봤지만 구심의 판정은 달라지지 않았다.

그렇게 볼카운트가 꽉 차버렸다.

"후우……."

조성진의 얼굴에 처음으로 긴장감이 번졌다.

'더 이상 고집 부리지 마. 이러다 진짜 맞겠어.'

박찬식은 8구째 바깥쪽에 걸쳐 들어오는 백도어 슬라이더 사인을 냈다. 이 공이라면 바깥쪽을 지켜만 본 한정훈을 삼진으로 잡아낼 수 있다고 확신했다.

하지만 조성진은 끝내 자존심을 굽히지 않았다.

'젠장할!'

박찬식은 입술을 질근 깨물었다. 그리고 대놓고 한복판으로 미트를 들어올렸다. 던지고 싶은 대로 던지라는 불만의 표시였다.

그러나 조성진은 냉큼 고개를 끄덕여 버렸다. 그렇지 않아도 코너워크에 신경 쓰느라 공이 밋밋해졌는데 이번 기회에 확실하게 조성진표 포심 패스트볼을 보여줄 생각이었다.

'뭔가를 던지려나 본데…….'

조성진의 표정을 읽은 한정훈도 방망이를 단단히 움켜쥐었다. 그러다 조성진이 왼발을 차올리자 기다렸다는 듯이 오른발을 내디디며 테이크 백에 들어갔다.

후앗!

조성진의 손끝에서 튕겨져 나온 공이 마치 총알처럼 홈플레이트를 향해 날아들었다. 하지만 애석하게도 한정훈의 두 눈은 조성진의 포심 패스트볼에 익숙해진 상태였다.

'한복판!'

공이 몰려 들어오자 한정훈은 망설이지 않고 방망이를 내돌렸다.

따악!

묵직한 파열음이 경기장에 울려 퍼졌다. 뒤이어 새하얀 뭔가가 외야 쪽으로 쭉 뻗어 나갔다.

"잡아!"

조성진이 뒤를 돌아보며 악을 내질렀다.

하지만 방망이 중심에 제대로 걸린 타구는 중견수와 우익수 사이를 꿰뚫고는 펜스까지 굴러갔다. 그사이 한정훈은 1루를 돌아 여유롭게 2루를 밟았다.

1사 주자 2루.

안타라도 뽑으면 다행이라던 청소년 대표 A팀이 1회 초부터 선취점을 뽑을 기회를 만들어냈다.

"허, 진짜 저 녀석은…… 괴물이라니까."

"미치겠네. 고등학교 1학년짜리가 첫 타석부터 조성진의 포심을 받아친다는 게 가능한 이야기야?"

"조성진이 이제 막 대학교에 진학한 평범한 투수라면 못 칠 것도 없지. 하지만 프로 우선순위를 노리는 4학년의 공을 저렇게 쉽게 받아치는 고등학교 1학년은 아마 이 세상에 저 녀석 하나뿐일 거야."

"그렇지? 최 형이 보기에도 저 녀석이 이상한 거지?"

"그나저나 조성진이 자존심에 금 좀 갔겠는데?"

"금이 뭐야. 저 정도면 반쯤 아작 난 거지."

관중석에서 경기를 지켜보던 기자들은 하나같이 혀를 내둘렀다. 자신들의 손으로 한정훈이 올해 드래프트에 참가하면 억대 계약금은 따놓은 당상이다 떠들어 대긴 했지만 설마하니 조성진을 상대로 첫 타석부터 장타를 뽑아낼 줄은 몰랐던 모양이었다.

"뭐, 뭡니까?"

VIP룸에 느긋하게 앉아 있던 홍만식 기술위원장도 자리에서 벌떡 일어났다. 그러자 옆에 앉아 있던 조규영 사무처장이 미간을 찌푸렸다.

"2루타네요."

"그걸 누가 모릅니까?"

"진정하세요. 아직 경기 초반입니다."

"그래도 시작부터 2루타는 너무한 거 아닙니까?"

"투수도 사람인데 실수할 수도 있는 거지요. 그리고 조성진이 원래 이닝 초반에 슬렁슬렁하지 않습니까."

"슬렁슬렁도 정도가 있죠. 저런 식으로 가다간 오늘 경기 어떻게 될지 모릅니다!"

홍만식은 불안함을 감추지 못했다. 조규영의 말처럼 아직 경기 초반이고 실투를 얻어맞았을 수도 있지만 과정이 좋지 않았다.

애당초 포심 패스트볼 하나만으로 청소년 대표팀 타자들의 기를 꺾자는 건 조규영의 아이디어였다.

기술위원회 전략 분석팀 자료에 따르면 현 고교리그 상위 10퍼센트 투수들의 포심 패스트볼 평균 구속은 144㎞/h였다.

분당 회전수는 2,000 전후. 150㎞/h를 우습게 던지는 최정환을 제외하고는 솔직히 위력적이라고 말하기 어려웠다.

반면 대학 리그 최고로 꼽히는 조성진의 포심 패스트볼은 수준이 달랐다. 평균 구속 148㎞/h. 최고 구속 156㎞/h. 분당 회전수는 프로야구 평균인 2,200 이상이었다.

조규영은 고교 야구의 포심 패스트볼만 상대해 왔던 타자들이 조성진의 포심 패스트볼에 쉽게 적응하지 못할 거라 여겼다.

실제로 올 시즌 4할에 가까운 정확도를 자랑하던 최주찬도 첫 타석에서 삼진으로 물러났다. 한정훈이나 강승혁보다도 빠른 공에 대한 반응속도가 빠르다는 평가를 받아왔지만 조성진의 낮게 깔리는 포심 패스트볼에 꼼짝도 하지 못한 것이다.

"적어도 3회까지는 싱겁겠는데요."

최주찬의 타석이 끝나자 조규영은 3이닝 퍼펙트를 예고했다. 홍만식도 씩 웃으며 고개를 주억거렸다. 한정훈이 여간내기가 아니라지만 오늘 조성진의 공은 좋았다. 몇 타석 겪어본 다음이라면 모를까 첫 타석에 공략하긴 불가능해 보였다.

그런데 그 예상이 보기 좋게 깨져 버렸다. 처음에 투 스트라이크까지 몰아붙일 때만 해도 좋았는데 잠깐 더그아웃에 다녀온 이후로 흐름이 바뀌어 버렸다.

홍만식은 그 달라진 분위기가 자신들의 계획 자체를 망칠까 봐 두려웠다.

하지만 조규영은 걱정할 거 하나 없다는 반응이었다.

"차라리 잘됐습니다. 하나 맞았으니 이제 조성진이도 정신 차리겠죠. 아시잖습니까. 조성진이 타이트한 상황에서 더 잘 던지는 거요."

"후우……."

"하필이면 저 녀석한테 맞은 게 좀 그렇긴 하지만 결과는 달라지지 않을 겁니다. 그러니 느긋하게 보세요. 괜히 우리끼리 열 내지 말자고요."

조규영이 홍만식을 달랬다. 홍만식도 애써 흥분을 가라앉히고 다시 의자에 등을 기댔다.

'하긴, 이제 다들 덤벼들겠지.'

홍만식은 결과가 달라지지 않을 거란 조규영의 말에 동의했다.

지금 청소년 대표팀 더그아웃에는 감독과 코치가 없는 상태였다. 선수들의 유대감을 키워보자는 그럴듯한 이유를 들먹여 박찬오 사단의 개입 자체를 막은 것이다.

보통 에이스급 투수를 상대로 신인급 선수가 안타를 치고 나가면 타자들도 어깨에 힘이 들어가는 경우가 많았다. 그럴 때 타자들을 다독이며 팀이 원하는 방향으로 끌고 가는 게 바로 코칭스태프의 역할이었다.

홍만식은 지금쯤 A팀 타자들이 고작 1학년 따위에게 질 수 없다며 이를 악물었을 거라 여겼다.

하지만 실제로 한정훈에게 경쟁심을 느끼는 타자는 많지 않았다.

황금사자기에 이어 봉황기 그리고 청룡기를 거치며 한정훈을 대하는 선수들의 인식은 빠르게 변했다.

운 좋은 1학년에서 건방진 1학년. 그리고 이제는 괴물 1학년.

그래서인지 선수들은 한목소리로 한정훈의 활약을 반겼다.

"와, 정훈이 저 자식. 저걸 어떻게 때린 거지?"

"미트 소리 장난 아니던데. 저게 눈에 들어올까?"

"전광판 안 봤냐? 던졌다 하면 150㎞/h야. 제일 빠른 건 157㎞/h까지 나왔잖아."

"정훈이 저 녀석 정환이한테 홈런 몇 개 때렸는지 벌써 까먹었냐?"

"하긴, 최정환이 서린만 만나면 죽을상이라더라."

"그런데 아까 저 녀석, 최주찬이 방망이 가져가지 않았냐?"

"그랬어?"

"야, 최주찬. 아까 정훈이가 네 방망이 가져간 거 맞지?"

눈썰미 좋은 광주인고 이재승이 분위기를 바꿨다. 그러자 최주찬이 쓴웃음을 흘렸다.

"지금 나 삼진 먹었다고 놀리는 거냐?"

"그게 아니라 정훈이가 왜 네 방망이로 친 건데?"

"몰라, 저 녀석. 보니까 내 방망이로 치고 있더라고."

첫 타석 삼진의 충격 때문에 최주찬은 잠시 실의에 빠져 있었다. 그래서 한정훈이 뭘 했는지 제대로 기억하지 못했다.

하지만 다른 선수들은 달랐다. 고교 최고의 선수로 불리는 한정훈의 일거수일투족을 놓치지 않았다.

"그럼 강승혁은 왜 정훈이 방망이를 들고 있는 거지?"

"뭐? 승혁이가 정훈이 방망이를 들고 갔다고?"

"그래, 강승혁 방망이 저기 그대로 있잖아. 아니야?"

"어라? 정말 그러네?"

최주찬이 고개를 갸웃거렸다. 전국 대회 우승을 쓸어 담으면서 후원을 넘치게 받아서 방망이가 부족한 것도 아닌데 굳이 손에 맞지도 않는 남의 방망이를 가져다 쓴다는 게 이해가 가질 않았다.

"잠깐만. 그러고 보니 정훈이 방망이가 내 것보다 무거울 텐데?"

최주찬은 배트 케이지에서 한정훈이 꽂아둔 여분의 방망이를 집어 들었다. 예상대로 29온스(820그램) 정도인 자신의 방망이보다 조금 묵직한 느낌이 들었다.

"승혁이 게 더 무거웠던가?"

최주찬은 내친김에 강승혁의 여분의 방망이도 집어 들었다.

배트에 새겨진 무게는 31온스(약 880그램).

한정훈의 방망이보다 조금 더 무게가 나갔다.

"헐, 서린은 선수마다 방망이가 다르냐?"

"대박. 역시 고교 최강답다."

몇몇 지방 선수가 부러움을 터뜨렸다. 고교 야구의 환경이 많이 좋아졌다지만 아마추어 선수들이 자신에게 꼭 맞는 개별 장비를 사용한다는 건 그야말로 꿈같은 이야기였다.

하지만 최주찬은 고작 방망이 자랑이나 하려고 말을 꺼낸 게 아니었다.

"아······! 그거였구나!"

"뭐야? 뭔데?"

"정훈이가 안타를 친 거. 방망이 무게를 줄여서 스윙 스피드를 높인 거였어."

"뭐? 그게 가능해?"

"왜 프로 선수들도 타석에 들어가기 전에 일부러 배트 링 끼고 연습 스윙하잖아. 그거랑 비슷한 거지."

"하지만 손에 익지 않은 방망이로 스윙하면 날리지 않냐?"

"그렇긴 한데······. 에잇, 나도 몰라. 일단 승혁이 타석 지켜보자고. 승혁이 녀석 치는 거 보면 답이 나오겠지."

최주찬을 비롯해 선수들의 시선이 강승혁에게 향했다. 때마침 강승혁이 타석에서 벗어나 숨을 고르고 있었다.

볼카운트는 투 스트라이크 원 볼.

초구와 2구, 몸 쪽을 파고드는 포심 패스트볼에 연속 헛스윙을 한 뒤 3구째 바깥쪽 공을 지켜본 결과였다.

솔직히 3구째 볼도 골랐다기보다는 이를 악물고 참은 것에 가까웠다. 앞서 한정훈에게도 바깥쪽 유인구가 들어온 만큼 바깥쪽 공은 버리고 타석에 들어선 것이다.

하지만 이제 더 이상 그런 요행은 없을 것 같았다.

"후우……."

강승혁이 길게 숨을 골랐다. 그리고 2루 베이스에 붙어 서 있는 한정훈을 바라봤다.

'그러고 보니 짜식, 살 많이 뺐네.'

꾸준한 체중 감량의 결과물인지는 몰라도 한정훈은 황금사자기 때보다 조금 늘씬하게 변해 있었다. 별명을 한똥에서 한통으로 바꿔도 될 정도였다.

그러나 강승혁에게 한정훈은 여전히 부담스러운 주자였다.

'짧은 안타로는 안 돼. 장타를 쳐야 해.'

강승혁은 마음을 단단히 먹고 타석에 들어섰다. 그러면서 몸 쪽 포심 패스트볼이 들어오길 기다렸다.

앞서 연거푸 헛스윙을 하긴 했지만 타이밍은 얼추 잡은 상태였다.

문제는 무브먼트.

홈플레이트 코앞에서 뻗듯이 들어오는 그 특유의 움직임을 잡아내야 했다.

'정훈이처럼 하자. 정훈이처럼.'

강승혁은 무의식적으로 한정훈의 타석을 머릿속에 그렸다. 그리고 한정훈처럼 스탠스를 좁히고 왼쪽 어깨를 단단히 고정시켰다.

'이 자식들 이거 위험한데?'

강승혁의 자세를 살핀 포수 박찬식이 다시 바깥쪽 공을 요구했다.

하지만 조성진은 단호하게 고개를 저었다. 자신의 공을 건드리지도 못하는 강승혁에게 굳이 바깥쪽 꽉 찬 포심 패스트볼을 던질 필요는 없다고 여겼다.

'확실히 넣어야 해.'

잠시 고심하던 박찬식이 몸 쪽으로 미트를 붙여 넣었다.

코스는 높은 쪽.

하이 패스트볼에 가까운 스트라이크였다.

"좋아."

눈으로 한정훈을 견제한 뒤 조성진이 미끄러지듯 투구판을 박차고 나왔다.

후앗!

셋 포지션 투구라 구속이 조금 떨어지긴 했지만 조성진의 포심 패스트볼은 여전히 빠르고 날카로웠다. 어지간한 고교 레벨 타자들은 감히 방망이를 내돌릴 엄두조차 내지 못할 정도였다.

하지만 강승혁은 그 어지간한 범주 밖의 선수였다.

한정훈이 등장하기 전까지 고교 야구 최고의 타자는 누가 뭐래도 강승혁이었다. 그리고 한때나마 고교 야구 최고 타자 자존심상 벨트 위쪽으로 들어오는 몸 쪽 빠른 공은 결코 놓칠 수 없었다.

"크으윽!"

강승혁이 이를 악물고 방망이를 내돌렸다.

따악!

홈플레이트를 지나 미트 속으로 빨려 들어가려던 공이 손잡이 윗부분에 걸렸다. 그리고는 완만한 포물선을 그리며 1루수와 2루수, 우익수의 한가운데 뚝 하고 떨어졌다.

그사이 한정훈은 부지런히 3루를 돌아 홈으로 내달렸다. 주루 코치가 없었지만 타구의 위치상 빠른 중계 플레이는 불가능할 거라 여겼다.

예상대로 한정훈이 홈을 밟을 때까지 공은 내야로 들어오지 못했다. 수비 범위가 넓은 우익수 홍인정과 2루수 박계훈이 서로 겹치며 타구가 외야로 흘러 버린 것이다. 덕분에 강승혁은 텍사스성 안타로 2루까지 들어갔다.

그렇게 1사 주자 2루 상황이 계속됐다.

달라진 건 주자와 점수뿐이었다.

"잘했어, 정훈아!"

"짜식! 진짜 야구 하나는 기똥차게 한다니까?"

A팀 선수들이 앞다투어 한정훈을 반겼다. 적일 때는 얄밉기만 했는데 막상 같은 편이 되고 보니 이보다 더 든든할 수가 없었다.

"잘하면 한 점 더 뽑겠는데?"

"그러게. 경의 대학교도 별거 아니잖아?"

"주현아! 이대로 한 점만 더 뽑아라!"

투수들도 흥분을 감추지 못했다. 연속 안타가 터진 상황에서 찬스에 강한 광주인고 김주현이 타석에 들어왔으니 추가 득점이 나올 거라 여겼다.

하지만 조성진은 5번 타자 김주현(광주인고)과 6번 타자 양승민(경복고)을 연속 삼진으로 돌려세운 뒤 이닝을 끝내 버렸다.

"어때? 좀 봤냐?"

"보긴 뭘 봐. 진짜 순식간에 지나가던데."

"후우……. 젠장, 그런데 저 빠른 공을 저 녀석들은 어떻게

친 거야?"

나란히 헛방망이질만 한 양승민과 김주현이 한정훈 쪽을 바라봤다. 이닝이 끝났는데도 한정훈은 강승혁과 최주찬에게 붙들려 조성진 공략법을 털어놓고 있었다.

"그러니까 공의 위쪽을 보고 치라 이거지?"

"조성진 선배 공은 정환이 형 공보다 덜 떨어져요."

"하긴, 최정환 공은 빠르지만 못 칠 정도는 아니었으니까."

"그리고 삼진 먹더라도 한 코스만 노리는 게 좋을 거 같아요."

"그래, 나도 아까 바깥쪽 버리고 들어갔는데 몸 쪽으로 승부 걸더라."

"그런데 너희한테 안타 맞았다고 볼 배합 바꾸면 어쩌냐?"

"홈런을 맞은 것도 아니고 1실점뿐이니까 아마 당분간은 그대로 갈 거 같아요."

"그렇다면 다행인데…… 아무튼 정훈이 네 작전이 통했다. 원래 계획대로 주현이를 3번에 넣었으면 점수 못 뽑을 뻔했어."

최주찬이 글러브를 챙겨 들며 말했다. 본래 A팀 선수들은 한정훈-강승혁-김주현으로 이어지는 클린업 트리오를 원했다.

경복 고등학교 4번 타자 양승민도 있었지만 역시나 좌타자

다 보니 김주현이 5번 타자 자리를 꿰차게 된 것이다.

하지만 한정훈은 한 수, 아니, 두 수 위인 경의 대학교를 상대로 정석적인 타순을 끌고 갈 이유가 없다고 여겼다. 스스로 2번 타순을 자처하며 선배들의 동의를 얻어 강승혁-김주현-양승민으로 이어지는 중심 타선을 이끌어 냈다.

그 결과 A팀은 대학 리그 빅4라는 경의 대학교를 상대로 선취점을 뽑아낼 수 있었다.

"타순이 바뀌었어도 승혁이 형이면 안타 쳤을걸요?"

한정훈이 일부러 강승혁의 기를 살려주었다. 자신 못지않게 클러치 능력을 갖춘 강승혁이라면 아웃카운트가 무의미할 거라 여겼다.

그러나 강승혁은 정직하게 고개를 흔들었다.

"아니야. 너 다음에 쳐서 안타 나온 거 맞아. 만약에 중간에 주현이가 삼진당했다면 나도 힘들었을 거야."

강승혁은 한정훈이 방망이를 바꿔 든 걸 보고 조성진 공략의 힌트를 얻었다. 한정훈의 풀카운트 타석을 지켜보며 볼 배합을 익혔으며 한정훈이 2루에 나간 덕분에 세트 포지션의 조성진을 상대할 수 있었다. 그 결과들이 모여서 행운의 안타로 이어진 것이다.

"에이, 아니에요. 형이라면 분명 안타 쳤을 거예요."

"짜식, 말이라도 고맙다."

"야, 너희끼리만 안타 치지 말고 나도 좀 챙겨줘라. 최정혁 트리오에서 나만 안타 못 치면 그렇잖아."

"그거 별로라니까? 우리 그냥 HK포 할 거야."

"이 변태, 홍콩포가 그렇게 좋드나?"

최주찬과 강승혁은 언제나처럼 티격태격하며 그라운드로 나갔다. 그사이 한정훈은 벤치에 앉아 열을 식혔다.

"진태 형이 잘 막을까?"

2학년이라는 이유로 백업으로 밀린 안시원이 한정훈의 옆자리를 차지했다.

"요새 진태 형 공 좋잖아요. 아마 쉽게 얻어맞진 않을 거예요."

봉황기와 청룡기를 거치며 김진태의 포심 패스트볼은 확연히 달라졌다. 기자들은 김진태가 최정환에게 자극을 받은 거라고 떠들어 댔지만 실제로는 김운태 감독식 맨투맨 지도의 결과였다.

그런 줄도 모르고 서재훈은 최인섭에게 다시 내기를 제안했다.

"한 번 더 해."

"뭘?"

"한국 스타일 몰라? 삼세판이잖아."

"나 참. 내가 먹으면 뭘 얼마나 먹는다고."

"뭐래? 지난번에 둘이 40만 원어치 먹은 거 기억 안 나냐?"

"남자가 쩨쩨하게 뭘 그런 걸 기억하고 그래?"

"시끄럽고, 진태로 해. 나는 진태가 점수 내준다는 쪽에 걸 겠어."

"헐, 그런 게 어딨어?"

"쫄리면 뒈지시든지."

서재훈이 선수를 치며 씩 웃었다. 김진태가 요즘 물이 올랐 다지만 경의 대학교 주전급 타자들을 무실점으로 틀어막긴 어 려울 거라 여겼다.

그런데 예상치 못한 변수가 생겼다. 경의 대학교에서 주전 타자들을 전부 빼고 백업 선수들을 내보낸 것이다.

김진태는 한두 살 많은 선배들을 상대로 씩씩하게 공을 던 졌다.

최고 구속 153㎞/h의 묵직한 포심 패스트볼에 슬라이더와 체인지업, 커브를 섞어가며 안이한 마음을 먹고 타석에 들어 섰던 경의 대학교 타자들을 범타로 돌려 세웠다.

그러자 조성진도 바짝 약이 올랐다.

"내가 싼 똥 내가 치우라 이거죠?"

송만희 감독의 의중을 알아챈 조성진은 세 타자를 연속 삼 진으로 잡아내며 대학 리그 최고의 에이스로서 자존심을 지 켰다.

"질 순 없지."

2회 말 마운드에 오른 김진태는 4번 타자에게 풀카운트 접전 끝에 첫 삼진을 빼앗으며 기세를 올렸다. 그리고 5번 타자와 6번 타자를 뜬 공으로 유도하고 이닝을 끝마쳤다.

대학 리그 타자들답게 맞았다 하면 워닝 트랙 근처까지 타구가 뻗어 나갔지만 다행히도 안타로 이어지진 않았다.

그렇게 두 이닝이 순식간에 지나갔다.

그리고 3회가 시작됐다.

A팀의 선두 타자는 9번 타자 포수 박지승. 우투좌타에 공을 맞히는 재주가 탁월하다는 평가를 받고 있지만 최고 구속 157km/h에 달하는 조성진의 공을 때려내기란 쉽지 않아 보였다.

'번트를 대자.'

박지승도 마음을 비우고 출루에 집중했다. 수비형 포수라는 핑계로 당당하게 아웃카운트를 늘릴 생각은 없었다. 타순이 최정혁 트리오로 이어지는 만큼 어떻게든 밥상을 차리고 싶었다.

'일단 공 하나는 보고 가자.'

박지승은 가볍게 방망이를 들고 타석에 들어섰다. 순간 조성진의 148km/h짜리 포심 패스트볼이 바깥쪽 꽉 차게 날아들었다.

'이 정도라면…….'

공의 움직임을 유심히 살핀 박지승은 2구째 몸 쪽으로 비슷한 구속의 공이 날아들자 지체 없이 방망이를 내밀었다.

하지만.

딱!

방망이의 윗부분에 걸린 타구는 그대로 투수 앞 땅볼이 되어버렸다.

박지승에 이어 타석에 들어선 1번 타자 최주찬도 초구에 기습 번트를 시도했다. 몸 쪽 꽉 차게 파고드는 공에 방망이를 제대로 가져다 대진 못했지만 1번 타자로서 어떻게든 출루하겠다는 의지를 내비쳤다.

"이런 식으로 나오겠다 이거지?"

포수 박찬식은 2구째 바깥쪽 공을 요구했다. 조성진도 최주찬이 또다시 번트를 시도하지 못하도록 박찬식의 미트 끝 부분을 겨냥해 공을 던졌다.

후앗!

조성진의 손끝을 빠져나간 공이 한복판을 지나 홈플레이트 바깥쪽으로 날아들었다. 그러자 최주찬이 망설이지 않고 방망이를 내돌렸다.

딱!

방망이 끝 부분에 걸린 타구가 홈플레이트 끝 부분을 때리더니 내야 높게 치솟았다.

"내가 잡을게!"

1루수 송정민이 재빨리 낙구 지점을 찾아 발을 놀렸다. 하지만 송정민의 글러브 속에 공이 빨려 들어갔을 때는 이미 최주찬의 발이 1루 베이스를 지나 버린 뒤였다.

"젠장할!"

그 모습을 지켜보던 조성진이 입술을 깨물었다. 평범한 타구였다면 충분히 잡을 수 있었는데 하필이면 바운드가 크게 튀면서 행운의 안타로 이어지고 말았다.

하지만 정작 최주찬은 운이 좋았다는 걸 인정하지 않았다.

"이거 얻어걸린 거 아냐. 노리고 친 거라고."

최주찬은 처음부터 바깥쪽 공을 노리고 타석에 들어섰다. 타이밍이 맞지 않는 몸 쪽 공보다는 그나마 오래 볼 수 있는 바깥쪽 공을 공략하는 게 낫다고 판단했다.

몸 쪽 공이 들어오자 원 스트라이크를 먹을 각오로 번트 자세를 취한 것도 2구째 바깥쪽 공을 유도하기 위해서였다.

'정훈이 녀석하고 볼 배합에 대해 연구한 보람이 있다니까.'

주루용 장갑을 손에 끼우며 최주찬이 씩 웃었다. 비록 1, 2루간을 가로지르는 깔끔한 안타를 만들어내진 못했지만 테이블 세터로서 밥값을 했다는 사실에 만족했다.

게다가 최주찬의 역할은 출루로 끝나지 않았다. 오히려 이제부터가 진짜였다.

슥. 스윽.

최주찬이 일부러 발소리를 내며 리드를 넓혔다. 그러자 조성진이 냉큼 투구판에서 발을 풀었다.

"짜증 나게 하네."

조성진은 최주찬이 눈에 거슬렸다. 빠른 발을 이용해 행운의 안타를 만들어냈으니 신경이 쓰이지 않을 수가 없었다.

하지만 조성진의 시선은 금세 다른 곳으로 향했다. 가볍게 방망이를 돌리며 누군가가 타석에 들어섰기 때문이다.

"이 자식, 잘 만났다."

한정훈을 발견한 조성진이 입가를 비틀어 올렸다. 기분 나쁜 안타에 발 빠른 주자, 거기다 앞선 타석에서 안타를 때린 타자까지 짜증 나는 상황이 겹치고 겹쳤지만 조성진은 오히려 투지를 불태웠다.

"조성진이 달아오른 거 같은데?"

"원래 지고는 못 사는 성격이잖아."

팔짱을 끼고 느긋하게 경기를 지켜보던 기자들도 모처럼 관심을 보였다.

"이번에도 볼만하겠는걸?"

"에이, 설마 한뚱이 또 치려고."

"그건 모르지. 최주찬만 나갔다 하면 한정훈이 귀신같이 불러들이잖아.”

“조성진도 두 번 당하진 않을걸?”

기자들의 의견은 반으로 갈렸다. 그러나 연달아 내기에 승리한 최인섭은 이번에도 한정훈이 뭔가 보여줄 거라 기대했다.

‘앞서 몸 쪽 공을 얻어맞았고 주찬이가 신경 쓰일 테니 몸 쪽보단 바깥쪽으로 승부를 걸어오겠지. 그렇다면 노림수가 좋은 정훈이가 충분히 할 만해.’

최인섭의 예상대로 조성진의 초구와 2구는 전부 바깥쪽으로 향했다.

초구는 바깥쪽 가장 낮은 스트라이크존을 통과했다. 그리고 2구는 그보다 공 하나 정도 바깥으로 빠져나갔다.

원 스트라이크 원 볼 상황에서 조성진은 한정훈의 얼굴 쪽으로 포심 패스트볼을 붙여 넣었다.

퍼엉!

코앞으로 156㎞/h의 강속구가 지나갔지만 한정훈은 가볍게 고개를 돌리며 공을 피했다. 그만큼 조성진의 포심 패스트볼에 익숙해진 것이다.

‘이거 왠지 불안한데…….’

잠시 고심하던 박찬식이 다시 한번 변화구 사인을 냈다. 한정훈이 포심 패스트볼에 집중하고 있는 이 시점에서 좌타자의 바깥쪽 코스를 파고드는 백도어 슬라이더가 들어온다면 승부를 조금 더 유리하게 끌고 갈 수 있을 것 같았다.

그러나 조성진은 여전히 한정훈을 깔보고 있었다.

"자꾸 변화구 사인 낼래?"

조성진이 신경질적으로 고개를 내저었다.

"후우……. 널 누가 말리냐."

박찬식이 어쩔 수 없다며 바깥쪽으로 미트를 들어올렸다.

'바깥쪽 공이야.'

타석에 선 한정훈은 바깥쪽 공을 직감했다. 그래서 평소보다 오른발 끝을 왼쪽으로 돌려 디뎠다.

고작 2㎝ 정도 오른발을 옮긴 것뿐이었지만 한정훈의 시선은 자연스럽게 좌중간 쪽으로 조정되었다.

그런 줄도 모르고 조성진은 자신만만하게 공을 내던졌다.

후앗!

조성진의 손끝을 빠져나온 공이 한복판을 지나 빠르게 멀어졌다. 그리고 홈플레이트 모서리를 날카롭게 파고들었다.

하지만 그 공은 활짝 벌린 박찬식의 미트 속에 도달하지 못했다.

따악!

한정훈의 방망이가 기다렸다는 듯이 공을 집어삼켜 버린 것이다.

'크다!'

타구 소리를 들은 좌익수 최영일이 곧바로 뒷걸음질을 쳤다. 느낌상 전력으로 타구를 쫓아간다면 아슬아슬하게나마 잡을 수 있을 것 같았다.

그러나 라이너성으로 뻗어 나간 타구는 마지막 순간에 최영일의 머리 위로 넘어가 버렸다.

"그렇지!"

타구를 확인한 최주찬은 이를 악물고 베이스를 질주했다.

2루를 지나 3루까지. 그리고 내친김에 홈까지.

대학 리그 최고의 수비 조직력을 갖췄다는 경의 대학교였지만 최주찬은 멈추지 않고 홈플레이트를 훔쳐 냈다.

"세이프!"

뿌연 흙먼지 속에서 구심이 양팔을 벌렸다. 그사이 한정훈은 느긋하게 2루까지 들어갔다.

"진짜 대단하다 대단해."

"저 녀석 대체 정체가 뭐지? 어떻게 저렇게 잘할 수가 있는 거야?"

"아무래도 의심스러워. 저 녀석, 왠지 서너 살 속인 것 같아."

"여기가 북한이야? 나이를 속이게?"

"차라리 도핑테스트를 하자 그래. 그게 더 현실성 있으니까."

기자들은 하나같이 혀를 내둘렀다.

대학 리그 최고 투수라는 조성진을 상대로 한 번도 아니고 연속해서 장타를 때려내는 건 아무나 할 수 있는 일이 아니었다.

"오늘 조성진이 컨디션 별로인 거 아냐?"

"별로라니. 구속 보면 몰라?"

"공이 날릴 수도 있는 거잖아."

"그랬다면 2루타가 아니라 담장 밖으로 사라져 버렸겠지."

"하긴, 한정훈도 밋밋한 공은 여지없으니까."

"그런데 어째 경기 분위기가 주최 측의 의도와는 다르게 흘러간다는 느낌 들지 않아?"

"한정훈과 강승혁이 선취점을 올린 순간부터 꼬였다고 봐야지."

몇몇 기자의 시선이 VIP룸으로 향했다. 그들의 예상처럼 VIP룸의 분위기는 무겁게 가라앉아 있었다.

"후우……. 미치겠네."

홍만식 기술위원장은 고개를 흔들었다. 첫 번째 타석에서는 선제 2루타를 치고 나가 홈을 밟더니 이번에는 1루에 있던 최주찬을 홈으로 불러들이며 타점을 올렸다.

올 시즌 조성진의 대학 리그 평균 자책점은 1.77에 불과했다.

8경기 56이닝을 투구하며 11실점.

라이벌인 한성 대학교와 인아 대학교를 상대로 7이닝 4실점, 6이닝 3실점 한 걸 제외하면 평균 자책점은 0.84로 떨어졌다.

청소년 대표팀의 전력이 대학 리그 우승팀과 견줄 정도는 아닐 테니 조성진의 투구는 평균 자책점 0.84에 근접해야 했다.

하지만 정작 결과는 정반대로 나오고 있었다.

2.1이닝 4피안타 2실점. 평균 자책점 7.71

아직 경기가 끝난 건 아니지만 이대로 완투를 한다 하더라도 시즌 평균 자책점에 맞추는 건 불가능했다.

"이제 어떻게 합니까?"

홍만식이 조규영 사무처장을 바라봤다. 조규영도 예상과 다르게 흘러가는 경기에 적잖게 당황하는 눈치였다.

하지만 조규영은 끝까지 큰소리를 쳤다.

"걱정할 거 없습니다. 한정훈 저 녀석, 수비를 못 보지 않습니까?"

"포지션 문제로 배제하시게요?"

"야구 월드컵 엔트리는 20명입니다. 투수 8명과 포수 2명을 빼면 야수는 10명뿐이죠. 만약을 대비해야 하는 상황에서 지명타자밖에 소화하지 못하는 한정훈을 데려갈 수는 없지 않겠습니까?"

"그렇긴 하지만……."

홍만식이 말끝을 흐렸다. 이제 와 수비 문제로 한정훈을 빼기에는 너무 먼 길을 돌아왔다는 생각이 든 것이다.

게다가 한정훈은 수비로 뛸 기회가 없었을 뿐 수비가 불가능한 건 아니었다. 1이닝이긴 하지만 청룡기 2라운드 경기 후반에 강승혁을 대신해 잠깐 1루를 보기도 했고 김운태 감독도 다가올 8월 대통령배부터 한정훈을 주전 1루수로 출전시킬 계획을 가지고 있었다.

한정훈도 대통령배에 맞춰 차근차근 수비 훈련을 소화하고 있었다.

강승혁이라면 히어로즈에 1차 지명될 가능성이 높으니 1루수 자리를 물려받을 거라 기대했다.

그런데 느닷없이 수비수로 데뷔할 상황이 벌어졌다.

"윽!"

1사 1루 상황에서 더블 플레이를 위해 2루 베이스 커버에 들어갔던 2루수 고장희가 슬라이딩을 하던 주자와 뒤엉켜 버린 것이다.

"괜찮아?"

"젠장, 발목이 좀 시큰거리는데?"

"무리하지 말고 좀 쉬어."

"그래, 너 다친 거 알면 너네 감독님 난리 치겠다."

대구 성원 고등학교 주전 2루수인 고장희는 작년에 발목 수술을 받은 전력이 있었다. 올해 재활을 마치고 대표팀에 소집될 정도로 부활했지만 발목 부상에 대한 부담감을 완전히 떨쳐 내기가 어려웠다.

"미안, 나 좀 쉬어야겠다."

고장희는 테스트를 포기하고 더그아웃으로 들어갔다. 애당초 대표팀에 선발될 가능성이 높지 않으니 더 이상 무리할 필요는 없다고 여겼다.

문제는 A팀 선수 중에 고장희를 대신할 사람이 없다는 것이었다.

A팀에 배정된 내야수는 총 6명이었다. 그중 한정훈이 포함되어 있으니 실질적인 내야수는 5명으로 봐야 했다. 게다가 유일한 백업 멤버였던 안시원이 김주현을 대신해 6회부터 3루를 보고 있었다.

"교체한 선수 다시 교체해도 되냐고 물어볼까?"

"그러다 저쪽에서 주전 전부 내보내면 네가 책임질래?"

"그것보단 우리끼리 땜빵하는 게 낫겠지?"

"그럼, 잘만 하면 경의대 잡을 수 있는데 여기서 포기할 순 없잖아. 안 그래?"

한정훈에게 적시타를 허용한 이후 조성진─박찬식 배터리

는 볼 배합을 바꿨다. 자존심을 버리고 변화구를 섞어 던지기 시작한 것이다.

이후로 조성진은 A팀 선수들에게 단 하나의 안타도 허용하지 않았다. A팀의 유일한 희망이던 한정훈도 5회와 8회 연거푸 포크볼에 속아 플라이로 물러나고 말았다.

그러나 정작 경기는 8회 말 현재 A팀이 한 점 리드하고 있었다.

조성진 만큼이나 김진태—양현민—조석훈으로 이어지는 에이스급 투수들이 1실점으로 잘 틀어막은 결과였다.

이번 이닝과 다음 이닝을 잘 막으면 강호 경의 대학교를 잡을 수 있었다. 그렇다 보니 선수 중 누구도 경기를 포기하려 들지 않았다.

"정훈이 네가 1루 봐라. 형이 외야로 나갈게."

강승혁이 1루수 미트를 벗으며 말했다. 프로에 대비해 틈틈이 우익수 훈련을 받아왔으니 그렇게라도 하는 게 나을 것 같았다.

하지만 한정훈이 1루를 본다 하더라도 여전히 2루를 볼 사람이 없었다.

"차라리 제가 2루를 볼게요."

고심 끝에 한정훈이 내야수용 글러브를 집어 들었다. 그러자 최주찬이 어처구니없다는 표정을 지었다.

"뭐? 네가?"

"제가 말 안 했던가요? 저 예전에 2루도 봤어요."

"헐, 너 어디 아프냐? 아니면 허언증 있어?"

"진짜라니까요."

"야, 네 체격에 2루가 말이 되냐?"

"저 예전엔 날씬했거든요?"

"야구하고 나서 요즘처럼 몸이 가벼운 적이 없다고 네 입으로 말했거든?"

전직 2루수 출신인 최주찬은 한정훈을 말리고 싶었다. 2루 수비는 단순히 의지만으로 할 수 있는 게 아니었다.

그러나 한정훈도 무턱대고 2루를 본다는 게 아니었다.

"대신 승혁이 형하고 주찬이 형이 커버 좀 해줘요."

"커버? 어떻게?"

"저는 자리만 지킬 테니까 승혁이 형이 베이스 라인 비우고 짧은 타구 처리해 줘요. 2루 쪽 타구는 주찬이 형이 맡아주고요."

"뭐, 그 정도야."

"그리고 오랜만에 수비해서 잘 안 될 수도 있으니까 실책 열 개까진 봐줘요."

"……그냥 차라리 2루수 없이 하는 게 나을 거 같은데?"

"말이 그렇다고요."

한정훈은 강승혁과 최주찬의 도움을 받아 수비 영역을 최소로 한정지었다. 1루 수비도 겨우 가능한 상황에서 2루수의 풋워크를 소화할 자신은 없었다.

다행히도 강승혁과 최주찬은 수비 범위가 넓은 편이었다. 최주찬은 빠른 발로 내야를 빠져나가는 타구를 건져 내는 게 취미였고 김운태 감독의 집중 조련을 받은 강승혁도 타구 판단 능력과 대응력이 눈에 띄게 좋아졌다.

"이 정도면 되겠지."

한정훈은 1루와 2루 정중앙 쪽에 제법 깊숙이 자리를 잡았다. 그리고 엉거주춤하게 몸을 낮췄다.

"설마 나한테 오려고."

경기 종료까지 남은 아웃카운트는 4개였다. 게다가 휘명 고등학교 마무리 투수 오승일이 마운드에 올라온 만큼 2루 쪽으로 타구가 오진 않을 것 같았다.

하지만 대타로 타석에 들어선 경의 대학교 홍창민은 오승일의 초구를 밀어쳤다. 그리고 그 타구가 공교롭게도 한정훈의 코앞으로 굴러왔다.

"당황하지 말고 침착하게."

한정훈은 서너 걸음 앞으로 달려 나가 타구를 처리했다.

홍창민이 이를 악물고 1루로 뛰었지만 한정훈의 정확한 송구를 이겨내지 못했다.

"올~ 한정훈, 제법인데?"

"그러게 말야. 아예 2루수로 전향해도 되겠어."

최주찬과 강승혁이 씩 웃으며 한정훈의 엉덩이를 두드렸다.

"뭘 이 정도 가지고 그래요? 다음 이닝도 나한테 맡겨요. 내가 다 처리할 테니까."

한정훈이 우쭐거리며 말했다. 주 포지션인 1루는 아니지만 모처럼 수비에 나가니 기분이 좋아졌다.

9회 말에도 마지막 아웃카운트를 처리한 한정훈은 그라운드 위에서 선수들과 하이파이브를 나누었다. 그렇게 경의대학교와 A팀 간의 연습 경기는 1 대 2, A팀의 승리로 끝이 났다.

9장
캐나다 썬더베이

1

A팀과 경의 대학교의 경기가 A팀의 승리로 끝이 나자 조구영 사무처장도 더는 자리를 지킬 수가 없었다.

"이렇게 된 거 크게 져 주십시오."

"크게요?"

"이번에 도와주시면 다음 대회 때 조 배정 확실히 밀어드리겠습니다."

조규영 사무처장은 성인 대학교 도만석 감독을 찾아갔다.

"그 말씀 믿겠습니다."

도만석 감독도 조규영의 지원을 약속받고 엔트리를 조정했다. 앞서 경의 대학교에서 1, 2학년들을 출전시킨 만큼 부담

없이 주전들을 빼버린 것이다.

그런데 갑작스레 상황이 달라졌다. 김운영 협회장이 노구를 이끌고 목동 구장에 찾아온 것이다.

"어서 오십시오, 협회장님. 안 오시는 줄 알고 조마조마했습니다."

"허허, 이런 좋은 구경거리를 회장인 제가 놓칠 수 있나요."

"참고로 첫 번째 경기는 청소년 대표팀이 이겼습니다."

"그래요? 경의 대학교가 살살한 건가요?"

"타자들은 1, 2학년을 내보냈지만 투수는 조성진이 나왔습니다."

"허, 청소년 대표팀이 조성진에게 점수를 냈단 말입니까?"

"네, 그것도 두 점이나 뽑았습니다."

"그렇다면 이번 경기도 볼만하겠군요."

"아마 성인 대학교에서 분전할 겁니다. 역사와 전통이 있는 성인 대학교 아니겠습니까? 분명 대학 리그의 자존심을 지켜 줄 겁니다."

박해일 이사는 김운영 협회장 앞에서 성인 대학교를 추켜세웠다. 덕분에 도만석 감독의 입장이 난처해졌다.

"젠장, 대놓고 져 줄 수도 없고……."

고심 끝에 도만석 감독은 3선발인 3학년 조재식을 마운드에 올렸다. 조재식은 구위보다 제구력이 좋은 투수였다. 포심 패스트볼 최고 구속은 145㎞/h밖에 되지 않았지만 구석구석을 찌르는 코너워크로 타자들을 요리할 줄 알았다.

하지만 정작 도만석 감독은 조재식의 장점보다는 구속이 느리다는 단점만 보고 선발로 낙점했다.

"애들 상대로 너무 기운 쓰지 마라."

"네, 감독님."

"저 녀석들도 대표팀 합류하겠다고 테스트받는 거니까 적당히 맞아주고."

"……네."

팀 내에서 입지가 불안한 조재식은 도만석 감독의 터무니없는 요구에도 고개를 끄덕였다. 어차피 비공개 연습경기인 만큼 얻어맞더라도 문제될 건 없다고 여겼다.

하지만 투구를 마친 조성진이 관중석에 앉아 경기를 지켜보자 조재식도 대충 공을 던질 수가 없었다.

"젠장, 저 새끼 앞에서 망신을 당할 순 없지."

사촌지간이지만 조재식과 조성진은 사이가 좋지 않았다. 조성진은 프로야구 우선 지명 이야기가 나도는데 자신은 선발 자리조차 확신할 수 없으니 사이가 좋을 수가 없었다.

"두 눈 똑바로 뜨고 봐라. 난 한 점도 안 내줄 테니까."

조재식은 청소년 대표팀 B팀을 상대로 전력을 다했다. 6회까지 매 이닝 안타를 허용했지만 고비마다 더블 플레이를 유도하며 무실점으로 투구를 마쳤다.

B팀의 선발 투수 최정환도 한두 살 많은 대학 선수들을 상대로 7개의 탈삼진을 솎아내며 호투했다.

하지만 최정환이 4이닝 투구를 마치고 내려가면서 팽팽하던 투수전이 끝이 났다. 구원으로 등판한 김강희가 제구력 난조를 보이며 5실점을 해버린 것이다.

"젠장. 난 원래 선발 체질이라고."

김강희는 모든 게 익숙지 않은 구원 등판 때문이라고 투덜댔다.

하지만 김강희의 안이한 투구 때문에 B팀은 추격의 의지마저 꺾여 버렸다.

보다 못한 도만석 감독이 잘 던지던 조재식을 내리고 1학년 선발 투수를 내세웠지만 경기는 달라지지 않았다.

그렇게 질질 끌려가던 B팀은 단 한 점도 내지 못하고 성인대학교에 8 대 0으로 패배하고 말았다.

"경기 잘 보고 갑니다."

마지막 아웃카운트까지 눈으로 확인한 뒤 김운영 협회장은 참석자들과 악수를 나누고 야구장을 나섰다.

"최 형, 어쩌지?"

"어쩌긴 뭘 어째? 제대로 해야지."

"조규영 저 인간이 가만있겠어?"

"그럼? 협회장이 보고 간 경기인데 장난치자고?"

"그런 건 아니지만……."

"경기라도 이겼음 말을 안 해. 저 꼴을 보고 어떻게 후한 평가를 하냐고."

"하긴, 여러모로 B팀이 유리했는데도 8 대 0이면 말 다 한 거지."

"이건 조규영 사무처장이 실수한 거야. 준비를 하려면 조금 더 꼼꼼하게 하든가."

"어쩔 수 없지 뭐. 한동안 좀 쪼이더라도 제대로 하는 수밖에."

경기 종료 후 기자들과 전문가들로 구성된 20명의 심사위원이 평가 기록지를 작성해 협회에 제출했다.

조규영 사무처장은 그때까지만 해도 자신의 계획대로 될 것이라 믿어 의심치 않았다. 예상치 못한 변수들이 터져 나오긴 했지만 심사위원 중 12명을 포섭한 만큼 결과가 달라지진 않을 거라 여겼다.

하지만 최종 결과는 조규영의 뒷골을 당기게 만들었다.

한정훈(서린 고등학교 1학년, 좌투좌타, IF)

1. 기술위원회 평가 점수 10/20

2. 대회 성적 점수 14/30

-2015년 점수 0/5

-2016년 점수 0/10

-2017년 점수 14/15

3. 전문가 평가 점수 34.5/50

-5점 10명

-4점 3명

-3점 0명

-2점 0명

-1점 7명

종합 평가 58.5/100

　기술위원회 점수가 70퍼센트, 대회 성적 점수가 30퍼센트 반영된 기존의 평가에서 한정훈은 40명 중 35위에 불과했다. 점수가 낮은 가장 큰 이유는 1학년이기 때문이었다.

　경험 부족. 현지 적응력 부족. 협동 능력 부족. 기술 부족.

　기술위원회는 오로지 한정훈이 어리다는 이유만으로 감점

을 늘어놓았다.

하지만 박해일 이사를 비롯한 개혁 세력의 반발로 국가대표 선발전이 열리고 기술위원회 평가를 대신해 전문가들의 의견이 대폭 반영되면서 한정훈의 순위가 확 달라졌다.

전체 순위 18/40

야수 순위 11/24

기술위원회 평가 점수에서 최하위, 대회 성적 점수에서 20위권 밖의 성적을 기록하고도 당당하게 20명 엔트리 안에 포함된 것이다.

"이거 제대로 한 거 맞아?"

결과를 확인한 홍만식 기술위원장이 눈을 부라렸다. 그러자 한민구 팀장이 냉큼 고개를 숙였다.

"몇 번이고 확인해 봤습니다만 정확합니다."

"젠장. 대체 일을 어떻게 하는 거야?"

홍만식의 불만 가득한 시선이 조규영 사무처장의 자리로 향했다. 자신만 믿으라고 큰소리를 떵떵 치던 조규영은 외부 볼일을 핑계로 일찌감치 사무실을 비워 버렸다.

"조규영이가 섭외한 사람이 몇 명인데 이런 결과가 나온 거야?"

"그게…… 아무래도 협회장 눈치를 본 모양입니다."

"협회장?"

"협회장이 경기 끝나고 대한민국의 야구 발전을 위해 공정한 평가를 해달라고 신신당부를 했다고 합니다."

"아무튼 일생에 도움이 안 되는 영감탱이라니까. 그건 그렇고 서울 지부 쪽 반응은 어때?"

"솔직히 불만이 상당해 보입니다. 밀던 선수 중 상당수가 떨어졌으니까요."

"그러게 평소에 좀 잘할 것이지. 전국 대회만 나가면 죽쒀놓고서 선수는 뽑아달라는 게 말이 돼?"

"그래도 서린 고등학교 전원이 합격해서요. 지역별 선수 비중은 여전히 서울 쪽이 제일 높습니다."

"그게 말이야 방구야? 지부에서 원하는 게 뭔 줄 몰라서 하는 소리야?"

"아, 아닙니다. 죄송합니다."

"후우……. 암튼 나가봐. 누가 나 찾으면 외근 나갔다고 하고."

홍만식이 손사래를 치며 한민구 팀장을 내보냈다. 그러고는 주인 없는 사무처장실 테이블 위에 두 다리를 뻗으며 투덜거렸다.

"진짜 이렇게 되면 나가린데……. 이러다 전부 물갈이되는

160 리버스 슬러거 2

거 아냐?"

홍만식의 시선이 벽면에 걸린 큼지막한 달력으로 향했다. 미리 뜯겨 나간 7월 달력의 마지막 날에 붉은색으로 동그라미가 그려져 있었다.

7월 31일은 협회의 이사회 날이다. 김운영 협회장은 이날 회의를 통해 방만한 협회 기구들을 통폐합하겠다고 선언한 상태였다.

협회 기구가 축소되면 그동안 협회를 장악해 왔던 기득권의 힘이 약화될 수밖에 없었다.

"후우……. 젠장맞을."

무겁게 한숨을 내쉬며 홍만식이 달력 옆에 걸린 18세 이하 야구 월드컵 포스터를 바라봤다. 협회 관계자로서 누구보다 대표팀의 우승을 바라왔지만 이번 대회만큼은 기꺼운 마음으로 응원하지 못할 것 같았다.

2

[야! 한뭉! 축하축하! 우리 전부 합격했다!]

최주찬의 문자 메시지를 확인한 한정훈은 곧바로 신문 기사를 검색했다.

[[단독] 목표는 우승이다! 18세 이하 야구 월드컵(세계 청소년 야구 선수권 대회) 청소년 대표팀 최종 명단 발표!]

감독: 박찬오

코치: 서재훈, 최인섭, 조진철, 김명원

투수: 김강희(인창고 3/좌완), 김진태(서린고 3/우완), 송창신(청광고 3/우완), 양현민(광주동선고 3/좌완), 오승일(휘명고 3/우완), 정우남(경인고 3/좌완), 조석훈(대명상고 3/우완), 최정환(덕호고 3/우완) 이상 8명

포수: 민재환(야탁고 3/우투우타), 박지승(서린고 3/우투좌타) 이상 2명

외야수: 구재신(안상고 3/좌투좌타), 민병호(덕호고 3/좌투좌타), 양승민(경복고 3/좌투좌타), 최필립(배지고 3/좌투좌타) 이상 4명

내야수: 김주현(광주인고 3/우투우타), 강승혁(서린고 3/좌투좌타), 강진호(군상고 3/우투우타), 안시원(서린고 2/우투우타), 최주찬(서린고 3/우투우타), 한정훈(서린고 1/좌투좌타) 이상 6명

최주찬의 말처럼 대표팀 명단 가장 마지막 줄에 한정훈이라는 이름 석 자가 박혀 있었다.

"내가 국가대표라니."

한정훈은 순간 기분이 묘해졌다. 불과 두 달 전까지만 하더라도 최강 서린 고등학교에서 주전으로 살아남는 게 목표였

는데 이렇듯 덜컥 국가대표로 선발되니 솔직히 실감이 나지 않았다.

한편으로는 막중한 책임감이 들었다. 운명이란 녀석이 고작 고교 야구나 씹어 먹으라고 과거로 돌아온 거 아니라며 더 열심히 하라고 채찍질을 해대는 것 같았다.

한정훈은 다시 한번 명단을 살폈다. 김강희부터 시작해 최주찬까지. 함께 뽑힌 19명의 선수 중에 만만한 상대는 단 한 명도 없었다.

이 중 15명은 프로에 가서도 잘했다. 그리고 그중 4명은 해외 진출 자격을 획득한 이후 메이저리그에 도전장을 내밀었다.

훗날 소위 황금 세대라 불리는 18년도 신인 속에서 한정훈은 지금까지 제법 잘해왔다.

하지만 이 정도로 만족하기에는 일렀다. 과거 프로 시절과 지도자 생활까지 수많은 기술과 경험을 체득하고 고등학교 1학년부터 다시 시작하는데, 이 정도 치트키와 버프를 받고도 못한다는 건 인간적으로 용납이 되질 않았다.

"그래. 더 잘해야지. 더 위를 보고."

한정훈이 다짐하듯 주절거렸다. 그러다 불현듯 뭔가를 떠올리고는 자리에서 벌떡 일어났다.

"그런데…… 내가 여권이 있던가?"

"엄마, 나 여권이 필요한데요."

한정훈은 조용히 여권만 만들고 싶었다. 하지만 한정훈의 가족들은 언제나처럼 하던 일을 제쳐두고 한정훈을 챙겼다.

"정훈아, 이 옷이 좋겠다."

"엄마, 나 선보러 가는 거 아니거든?"

"잠깐만 있어봐. 누나가 머리 만져 줄게."

"올백으로 넘기지 마! 얼굴 커 보인다고오!"

"오빠는 나이가 몇인데 아직까지 여권도 안 만들고 뭐 했어?"

"그러는 너는? 여권 있어?"

"난 아직 중학생이거든?"

"네. 좋으시겠어요, 한 중딩 씨."

"정훈아, 누나 어때? 예뻐?"

"누나가 여권 만들어?"

"얘도 참. 그래도 한정훈이 누나인데 예쁘게 하고 다녀야지."

"내가 누군지 사람들 아무도 모르거든?"

한정훈은 가족들이 지나치게 유난을 떤다고 생각했다. 하지만 집을 나서자 제법 많은 사람이 한정훈과 가족들을 알아봤다.

"어머, 정훈이 어머니. 어디 나가세요?"

"네, 우리 아들 이번에 캐나다 가잖아요. 여권 만들러 가요."

"이번에 대표로 뽑혔다죠? 축하해요."

"호호, 고마워요. 다은이는 잘 크죠?"

"그럼요. 그런데 정훈이는 볼 때마다 더 멋있어지는 거 같다?"

"감사합니다."

"나중에 대학교 가면 우리 다은이 한번 만나 볼래?"

"다은이 엄마도 참. 우리 정훈이 아직 어려서 그런 거 몰라요."

아파트 단지를 벗어나기 전까지 한정훈 가족에게 인사를 건넨 주민만 열 명이었다. 구청에 가는 길에 만난 어머니와 누나의 지인도 네 명이나 됐다. 심지어 중간에 들른 사진관과 식당, 심지어 구청에서도 한정훈을 알아보는 사람은 끊이질 않았다.

"엄마, 대체 내 자랑을 얼마나 하고 다니는 거야."

"자랑은 무슨. 엄마는 없는 소리 안 하는데?"

한정훈은 보험설계사를 하는 어머니 때문에 알아보는 사람이 많다고 여겼다.

하지만 모두가 꼭 그런 건 아니었다.

"어, 저 녀석. 한정훈 아냐?"

"한정훈? 한정훈이 누구인데?"

"얼마 전에 야구가 좋다에서 잠깐 봤는데 요즘 잘나가는 고등학교 선수래."

"아, 누군지 알았다. 기사로 본 거 같아. 그 MVP 싹쓸이했다는 1학년 말이지?"

"그런데 체격이 상당한데? 1학년이라 해서 좀 작을 줄 알았더니."

"요즘 애들이 얼마나 잘 크는데. 우리 때랑 같나, 어디."

"여권 만드는 거 보니까 해외여행이라도 가나 보지?"

"몰랐어? 저 녀석 이번에 청소년 국대 뽑혔잖아."

"뭐? 1학년이 벌써?"

"그러니까 대단한 거지."

"이러고 있을 게 아니라 사인이라도 한 장 받아놔야겠다. 혹시 알아? 나중에 대단한 선수가 될지 말이야."

야구를 좋아하는 이들은 한정훈을 금세 알아봤다. 언론에서 괴물 신인이라며 한정훈을 자주 보도한 효과였다.

"한정훈 선수죠? 사인 좀 해주세요."

"사인이요? 저 아직 사인이 없는데요."

"그럼 사진은 괜찮죠?"

"사진이요?"

"자, 찍습니다. 여기 보시고~"

"자, 잠깐만요!"

한정훈은 아직까지 사진을 찍는 게 부담스러웠다. 살을 뺐다곤 하지만 여전히 통통한 모습이 기록되는 걸 원치 않았다.

하지만 사람들은 한정훈을 향해 거침없이 카메라를 들이밀었다.

그날 저녁.

고교 야구 최고의 스타 한정훈 선수와 함께.

한정훈이 찍힌 사진들이 SNS를 통해 올라왔다. 그러자 발빠른 연예부 기자 하나가 한정훈과 미녀들이라는 제목으로 기사를 올렸다.

예상대로 사람들의 관심은 한정훈의 병풍을 자처한 네 여자에게 향했다.

└와우, 뒤에 여자들 누구냐? 장난 아닌데?

└한뚱 가족인가? 어머니부터 시작해서 다들 미인인데?

└그 와중에 한뚱 존못 ㅋㅋㅋ

└진짜 지못미다 ㅋㅋ

└어허! 우리 처남한테 못하는 소리가 없네?

└그러게 말입니다. 우리 처남이 어디가 어때서요.

└그렇죠? 우리 처남 정도면 볼매인데 말이에요.

└진짜 한정훈 매부나 매형은 아닐 테고…… 나도 줄 서면 되는
건가?

└이러다 한정훈 국민 처남 되겠다 ㅋㅋ

"후우……."

우연찮게 기사를 접한 한정훈이 길게 한숨을 내쉬었다. 비
연예인 기사치고는 많은 50여 개의 댓글이 달렸지만 그중 야
구 선수 한정훈에 대한 건 하나도 없었다.

"젠장. 아직 멀었어, 아직."

한정훈은 고개를 흔들며 자리에서 일어났다. 적당히 인터
넷을 검색하다 잠을 자려 했는데 그럴 마음이 싹 사라져 버
렸다.

"누나, 나 잠깐 나갔다 올게."

"이 시간에?"

"그냥 몸이 찌뿌둥해서."

한정훈은 야구 가방을 챙겨 들고 애용하던 야구 연습장으
로 향했다.

"사장님, 빈 방 있죠?"

"없어도 만들어야지. 얼마나 치게?"

"세 시간만 치다 갈게요."

"세 시간? 뭐 스트레스 받는 일이라도 있었냐?"

사장의 걱정을 뒤로하고 한정훈은 페달을 밟았다.

후앗!

스크린 너머 가상의 투수가 내던진 공이 코앞에서 날아들었다. 하지만 한정훈은 눈 하나 까딱하지 않고 매섭게 방망이를 내돌렸다.

따악!

묵직한 타격 소리가 연습장을 쩌렁하게 울렸다.

스크린 속으로 쭉쭉 뻗어 나간 타구는 기어코 담장을 넘겨 버렸다.

4

일주일 후.

"빠뜨린 거 없지?"

"네!"

"그럼 가자."

박찬오 감독의 인솔하에 청소년 대표팀은 캐나다행 비행기에 올랐다.

"캐나다까진 몇 시간이나 걸릴까요?"

"토론토까지 13시간이니까 중간에 비행기 갈아타고 하면 거의 하루 걸리지 않을까?"

"13시간이나 비행기를 타고 가야 한다고요?"

"짜식, 비행기 처음 타는 거 티 내냐? 걱정하지 말고 푹 자라."

"저 은근 예민한 성격이거든요?"

한정훈은 내심 걱정이 앞섰다. 일본이나 몇 번 다녀봤을 뿐, 시차가 바뀌는 장기 비행은 처음이었다.

하지만 그것도 잠시. 비행기가 이륙하고 얼마 지나지 않아 한정훈은 코까지 골며 잠에 빠져들었다.

"예민은 개뿔."

옆에 앉은 최주찬이 혀를 찼다. 그러고는 귀마개를 단단히 끼운 뒤 한정훈을 따라 잠을 청했다.

그렇게 13시간을 날아 토론토에 도착한 청소년 대표팀은 비행기를 갈아타고 18세 이하 야구 월드컵이 열리는 썬더베이에 도착했다.

[청소년 야구 대표팀을 환영합니다!]

출국장 앞에는 백여 명의 교포가 피켓과 현수막을 들고 나와 있었다. 하지만 장기 여정에 녹초가 된 선수들은 다들 하품을 하느라 정신이 없었다.

"미치겠네. 어떻게 아직도 해가 떠 있는 거지?"

"여기가 한국보다 16시간 빠르다잖아."

함께 온 협회 직원의 주도하에 청소년 대표팀은 교포 대표들과 잠시 기념 촬영을 가졌다. 그리고 곧장 버스에 올라타 미리 예약된 숙소로 넘어갔다.

"다들 피곤하겠지만 저녁은 먹고 올라가서 쉬자. 알았지?"

박찬오 감독과 선수들은 구석에 짐을 쌓아놓고 식당으로 이동했다. 방에서 좀 쉬다가 식사를 하면 좋겠지만 식당 이용 시간이 빠듯했다.

"안 먹히더라도 억지로 먹어둬라. 새벽에 배고프다고 하지 말고."

서재훈과 최인섭은 돌아다니며 선수들을 챙겼다. 아무래도 전직 메이저리거다 보니 선수들은 서재훈과 최인섭의 말을 곧 잘 들었다.

한정훈도 졸린 얼굴로 억지로 음식을 쑤셔 넣었다. 그러자 최주찬이 한심하다는 표정을 지었다.

"먹든지 자든지 하나만 해라. 그러다 체하겠다."

"졸린 거 아냐. 피곤한 것뿐이라고."

"푹 자놓고 뭐가 피곤해?"

"푹 잔 거 아니거든? 나 은근 예민하다니까?"

"예민은 개뿔. 그런데 말이야. 우리…… 우승할 수 있을까?"

마지못해 식사를 하던 최주찬이 이내 포크를 내려놓았다. 비행기를 탈 때까지만 해도 설렜는데 막상 썬더베이에 도착하고 보니 걱정이 드는 모양이었다.

그러자 옆에 앉아 있던 강승혁도 한마디 거들었다.

"일단 조편성 좋아. 하지만 슈퍼 라운드는 쉽지 않을 거 같아."

18세 이하 야구 월드컵은 개최국 캐나다를 포함해 총 12개국 대표팀이 참가한다.

한국은 캐나다, 대만, 호주, 이탈리아, 니카라과와 함께 A조에 편성됐다. 그리고 세계 랭킹 1위를 다투는 일본과 미국, 아마 야구 최강이라 불리는 쿠바와 신흥 강호 멕시코, 네덜란드가 남아프리카 공화국과 함께 B조에 이름을 올렸다.

풀리그로 진행되는 예선만 놓고 보자면 한국 대표팀의 본선 진출은 따놓은 당상처럼 보였다.

굳이 경쟁국을 따지자면 대만 정도. 홈 어드밴티지를 등에 업은 캐나다나 야구 수준이 빠르게 성장하고 있는 호주가 다크호스로 지목되긴 하지만 한국의 A조 1위를 의심하는 이는 그리 많지 않았다.

문제는 각 조 상위 3개국끼리 맞붙는 슈퍼 라운드다. 예선 성적에 슈퍼 라운드 성적을 합산해 최종 라운드가 결정되다 보니 예선 성적만으로는 결승 진출을 장담하기 어려웠다.

"그 슈퍼 라운드라는 거 말야. 우리가 1위를 하면 2승을 깔고 가는 거지?"

"그래, 조 1위는 2승, 조 2위는 1승 1패, 조 3위는 2패를 떠안는 거지. 예선 성적을 대신해서."

"그리고 다시 B조 1, 2, 3위하고 싸우는 거고?"

"그렇게 되면 우리가 유리하지 않아요? 2승을 깔고 가는데?"

잠자코 듣고 있던 안시원이 끼어들었다. 아무래도 2승이라는 어드밴티지가 크게 느껴진 모양이었다.

하지만 지난 2015 18세 이하 야구 월드컵을 한 경기도 빠짐없이 지켜본 강승혁과 최주찬은 고개를 가로저었다.

"지난 대회 때도 우리가 전승으로 1위로 올라갔어. 슈퍼 라운드에서 미국과 일본에 내리 지면서 3, 4위전으로 밀렸지만."

"허, 그거 실화예요?"

"B조 1위 일본이 슈퍼 라운드에서 3승을 추가해 5승이 됐고 2위 미국도 4승 1패가 됐거든."

"반면 우리는 슈퍼라운드에서 두 경기를 지면서 3승 2패가 됐지."

"진짜 그때 주찬이랑 연습도 빼먹고 경기 지켜봤었는데 엄청 충격받았다."

"마치 홈런 직전의 공을 상대팀 외야수에게 강탈당한 기분이랄까."

최주찬의 한마디에 강승혁과 안시원이 격한 공감을 보였다. 타자들에게 있어 외야수의 호수비에 홈런을 빼앗기는 것만큼 기분 더러운 일은 없었다.

그러나 투수인 김진태는 썩 와닿지 않은 표정이었다.

"그것보다는 다 이겨놓고 9회 말 역전 홈런을 얻어맞았다는 표현이 어울리지."

"그게 그거지."

"뭐가 그게 그거야? 넌 고작 홈런이고 내 쪽은 팀의 승리인데."

"어쨌든 중요한 건 최악의 경우 지난 대회의 리바이벌이 될지도 모른다는 거야."

"하긴. 저쪽에서 미국과 일본, 쿠바 이렇게만 넘어와도 골치 아프겠네요."

"더 웃긴 게 뭔 줄 알아? 슈퍼 라운드 때는 자기들끼리 안 싸우거든. 그러니까 무조건 센 놈만 패고 들어가는 거야."

"아하, 우리한테 에이스 카드를 몰아 쓴다 이거죠?"

"그렇지. 그게 문제야, 그게."

"그게 왜 문제야? 나도 있고 정환이도 있고 현민이도 있는데."

투수 이야기가 나오자 김진태가 발끈했다. 최주찬의 말이 꼭 최정환 말고는 믿을 만한 투수가 없다는 한탄처럼 느껴졌다.

하지만 정작 최주찬이 하고 싶은 말은 따로 있었다.

"투수들이 점수 뽑냐? 타자들이 점수 뽑는 거지."

"주찬이 말이 맞아. 에이스급 투수를 연달아 상대하면 얼마나 피곤한 줄 아냐?"

"하긴, 생각해 보니 그렇네요. 안타라도 좀 나와야 타격감을 이어가는데 계속 에이스급 투수들만 상대하면…… 으으. 생각만으로도 끔찍해요."

강승혁과 안시원이 냉큼 최주찬을 두둔했다.

투수가 아무리 잘 던지더라도 타자들이 점수를 뽑아내지 못하면 경기에서 이길 수가 없었다.

"에이스고 나발이고 점수 뽑으면 되지. 뭐가 문제야?"

"그게 쉽냐? 까놓고 말해서 에이스급 투수 상대로 홈런 뻥뻥 치는 타자가 어디 있겠냐?"

"왜 없어? 네 옆에 있고만."

김진태가 턱으로 최주찬의 오른편을 가리켰다. 그곳에는 한정훈이 숟가락을 입에 문 채로 꾸벅꾸벅 졸고 있었다.

"허, 이 자식. 이젠 아주 자면서 먹고 있네."

"내버려 둬. 배고픈가 보지."

"배고프긴 뭐가 배고파. 내 기내식까지 다 뺏어먹었는데."

"암튼 난 정훈이만 믿을 거야. 정훈이라면 뭔가 해주겠지."

아무도 자신의 편을 들어주지 않아서 심통이 난 것일까. 김진태가 일부러 한정훈을 들먹였다.

그러나 서린 고등학교 야수 중 누구도 김진태의 말에 코웃음을 치지 못했다.

"하긴 뭐 정훈이 저놈은 괴물이죠."

"황금사자기 때는 정환이 털고 봉황기 때는 석훈이 털고, 청룡기 때는 강희 털더니 현민이까지 털고. 진태는 연습 게임 때마다 털고."

"야, 나 털린 정도는 아니거든?"

"너 정훈이한테 얻어맞은 홈런만 네 개거든?"

"세 개야, 세 개. 은근슬쩍 하나 올리지 마라."

"암튼 그렇게 따지면 현 고교 투수 빅5 중에서 네가 제일 많이 얻어맞았네."

"그거야 내가 제일 많이 상대했으니까 그런 거고. 어차피 비공식 기록이잖아!"

"왜 그렇게 열을 내? 난 정훈이 잘한다고 칭찬한 건데."

톰과 제리라는 별명처럼 최주찬과 김진태는 캐나다에 와서

까지도 아웅다웅거렸다. 오죽했으면 서재훈이 너무 시끄럽다고 주의를 줄 정도였다.

"암튼 정훈이 먹는 거 가지고 구박 마라. 많이 먹어야 홈런도 뻥뻥 때리지. 그렇지, 정훈아?"

김진태가 반쯤 남은 햄버그를 한정훈의 식판에 올려놓으며 웃었다. 언론은 에드먼턴 세대 이후 최강 전력이라 떠들어 대지만 김진태를 비롯해 투수들이 가장 신뢰하는 건 누가 뭐래도 한정훈이었다.

하지만 정작 한정훈은 1차전부터 벤치를 지켜야 했다. 경복고등학교 4번 타자 양승민이 러닝 도중에 발목을 삐면서 지명타자 자리를 빼앗긴 것이다.

"정훈아, 예선이니까 너무 아쉬워하진 마라. 알았지?"

최인섭은 혹시라도 한정훈이 의기소침하지 않을까 걱정했다. 그러나 한정훈은 대수롭지 않게 받아들였다.

'3학년들은 이번 대회에서 성적을 내야 하니까.'

18세 이하 월드컵이 열리는 동안 한국에서는 대통령배가 시작된다. 그리고 대통령배가 끝나면 프로야구 1차 지명(우선지명)이 발표된다.

본래 1차 지명은 6월 말에서 7월 초에 이루어졌다. 여느 때 같았다면 대표팀 내에서도 1차 지명의 희비가 엇갈려야 했지만 올해는 그 시기가 7월 말로 늦춰졌다.

메이저리그에서 눈독 들이는 선수가 많다 보니 우선 지명권의 실효성을 위해 야구 월드컵 이후로 지명을 미루기로 합의가 된 것이다.

물론 발표 시기가 늦어진다고 해서 지명자가 달라질 가능성은 낮았다. 대부분의 구단이 우선 지명을 점찍어 놓고 물밑 접촉을 하고 있는 상황이었다. 투타 랭킹 1위 최정환과 강승혁을 시작으로 양현민, 조석훈은 우선 지명이 거의 확실시되고 있었다.

하지만 그렇다고 해서 다른 선수들에게 우선 지명을 포기하라고 강요할 순 없었다. 특히나 양승민은 강승혁과 라이벌 관계였다.

고교 졸업생 타자 중 유일하게 우선 지명을 받을 게 확실시되는 강승혁의 모습을 벤치에서 지켜보기란 쉽지 않을 터였다.

'조바심 내지 말자. 아직 경기는 많으니까.'

5회까지 벤치에 앉아 선배들을 응원하던 한정훈은 6회부터 슬슬 몸을 풀기 시작했다. 양승민이 못마땅한 표정을 지었지만 굳이 신경 쓰지 않았다. 선발 출전을 양보했다고 해서 경기 출전을 포기한 건 결코 아니었다.

그러자 최인섭이 냉큼 박찬오 감독에게 다가갔다.

"정훈이 녀석 시위 중인데요, 감독님."

"시위?"

"저기 보세요. 시키지도 않았는데 알아서 준비 중입니다."

"흠……."

"점수 차이도 넉넉한데 내보내시죠? 정훈이도 감은 익혀야 하니까요."

"그렇게 하시죠. 승민이도 이쯤에서 빼주는 게 좋을 것 같습니다."

수석 코치를 겸하는 서재훈도 한마디 거들었다.

앞선 타석에서 양승민은 강승혁의 적시타 때 홈까지 전력 질주를 했다. 게다가 오늘 3타수 2안타로 제 몫을 다했으니 부상 부위 보호를 위해서라도 교체하는 게 나아 보였다.

"좋아, 다음 공격 때 투입하자고."

박찬오 감독이 고개를 끄덕였다.

그리고 5회 말. 한정훈은 2사 주자 1, 3루 상황에서 양승민을 대신해 타석에 들어섰다.

흥. 후웅.

대기 타석에서 가볍게 방망이를 돌린 뒤 한정훈은 전광판을 바라봤다. 에이스 최정환의 호투와 중심 타선의 활약 속에 대한민국은 한 수 아래인 이탈리아에게 12 대 0으로 앞서가고 있었다.

대회 규정상 5회 콜드게임은 15점 차였다. 아웃카운트 하나가 사라지기 전까지 3점을 추가하지 못한다면 경기는 7회까지 갈 수밖에 없었다.

물론 대회 첫 경기이고 선수들도 컨디션을 끌어올려야 하는 만큼 두 이닝 정도 더 경기를 해도 문제될 건 없었다.

박찬오 감독도 아웃이 되어도 좋으니 부담 갖지 말라며 한정훈을 독려했다. 하지만 한정훈은 자신의 눈앞에 차려진 밥상을 이대로 외면하고 싶지 않았다.

'여기서 한 방이면 경기는 끝이다.'

한정훈은 천천히 타석으로 걸어 들어갔다. 그리고 투수를 똑바로 바라봤다.

5회 말 구원 등판한 바르타 알베르토는 키가 제법 컸다. 마운드 높이를 감안하더라도 2미터는 족히 되어 보였다.

키가 큰 만큼 팔도 길었다. 게다가 투구폼도 독특했다. 가늘고 긴 팔을 비비 꼬아 채찍처럼 휘둘렀다. 그런데도 전광판에는 150㎞/h 전후의 구속이 찍혔다.

바르타 알베르토는 한국에서 쉽게 볼 수 없는 독특한 스타일의 투수였다. 그러나 정작 한국 협회의 전략 분석팀은 지극히 평범한 평가를 내렸다.

디셉션이 좋음.

평속 145㎞/h.

제구력 중하.

위기 대처 능력 부족.

우타자에게 약점이 있음.

볼카운트를 유리하게 끌고 갈 것.

말 그대로 영점이 잡히지 않은 좌완 파이어볼러이니 쓸데없이 덤비지 말라는 소리였다.

선구안이 좋은 8번 타자 박지승은 전략 분석 자료만 믿고 바르타 알베르토의 실투를 기다렸다.

하지만 결과는 3구 삼진.

머리 뒤쪽에서 날아와 가장 먼 스트라이크존을 걸쳐 들어가는 피칭에 꼼짝도 하지 못했다.

앞서 2개의 안타를 때리며 절정의 타격감을 뽐내던 9번 타자 민병호도 바르타 알베르토 특유의 디셉션에 타이밍을 맞추지 못하고 투수 앞 땅볼로 물러났다.

"뭐야, 저 녀석. 공을 요상하게 던지잖아?"

"그러게. 저래서는 좌타자들이 치기 어려울 거 같은데."

"그런데 그런 이야기가 빠진 거지? 대체 협회는 전략 분석을 어떻게 한 거야?"

두 명의 좌타자가 꼼짝도 못하고 잡히자 서재훈과 최인섭이 불만을 늘어놓았다. 시종일관 비협조적인 협회에서 말도 안 되는 자료를 만들어 넘겨준 것이라는 의심마저 들었다.

하지만 전략 분석 자료가 완전히 엉터리인 건 아니었다.

바르타 알베르타는 우타자에게 확실히 약점을 보였다. 투 스트라이크 원 볼에서 최주찬에게 좌익수 앞 안타를 허용하더니 다시 투 스트라이크 노 볼에서 강진호에게 1, 2루 간을 빠지는 안타를 내주며 2사 1, 3루 위기를 자초했다.

'이글스 박전진 선배님 느낌이네.'

대기 타석에서 최주찬과 강진호의 타석을 지켜본 한정훈은 어렵지 않게 바르타 알베르타의 스타일을 파악했다. 높은 타점에서 내리꽂듯 던지는 포심 패스트볼과 슬라이더가 이글스의 베테랑 투수, 박전진을 연상시켰다.

'박전진 선배님 공은 어떨까 항상 궁금했었는데 재미있겠어.'

한정훈이 가볍게 방망이를 들어올렸다. 그 순간, 바르타 알베르타가 주자 견제도 하지 않고 투구판을 박차고 나왔다.

후앗!

바르타 알베르타의 머리 뒤쪽에서 빠져나온 공이 기이한 각도를 그리며 날아들었다.

'볼.'

타격 자세에 들어갔던 한정훈이 그대로 방망이를 멈춰 세웠다.

하지만 몸 쪽 깊숙이 파고들던 공은 마지막 순간에 슬라이더처럼 꺾이더니 홈플레이트 안쪽에 걸치듯 들어왔다.

"스트라이크."

구심이 가볍게 오른팔을 들어올렸다. 망설임이 없는 것으로 봐서 명확한 스트라이크라고 인지한 모양이었다.

'뭘 던진 거지? 슬라이더인가? 아니면 커터?'

포수의 포구 위치를 확인한 뒤 한정훈은 타석에서 한 발 물러나 생각을 정리했다.

대기 타석에서 봤던 것 이상으로 바르타 알베르타의 릴리즈 포인트는 높았다. 게다가 투구폼이 특이해 몸통 회전이 이루어지는 순간까지 공을 보기 어려웠다. 그렇다 보니 구종 파악이 단번에 되질 않았다.

'확실히 슬라이더는 아니야. 좌타자를 상대로 슬라이더를 결정구로 쓰니까 아껴 놓았겠지.'

한정훈은 정황상 포심 패스트볼이 들어왔다고 판단했다. 커터성 움직임을 보인 건 팔 스윙의 궤적과 그립 때문이라고 여겼다.

'내가 초구를 지켜봤으니까 분명 하나 더 들어올 거야.'

타석에 들어서며 한정훈은 오른쪽 발끝을 살짝 열어두었다. 그런 줄도 모르고 바르타 알베르타가 또다시 몸 쪽으로 공을 밀어 넣었다.

'왔다!'

한정훈은 망설이지 않고 타격에 들어갔다. 공이 꺾여 들어올 걸 대비해 반 박자 빠르게 방망이를 내돌렸다.

하지만.

따악!

방망이 안쪽에 걸린 타구는 그대로 1루 쪽 관중석으로 넘어가 버렸다.

'젠장, 공이 풀렸어.'

타석에서 물러나며 한정훈은 애써 아쉬움을 감췄다. 공을 제대로 채지 못했는지 날카롭게 꺾여야 할 공이 그대로 힘없이 말려 들어와 버렸다.

그냥 놔뒀으면 볼 판정을 받았겠지만 초구의 잔상을 기억하는 한정훈은 방망이를 멈추지 못했다. 그렇게 볼카운트가 투 스트라이크로 바뀌었다.

"크흐, 바보 같은 자식."

바르타 알베르타가 피식 웃었다. 몸 쪽으로 공 두 개 정도는 빠진 공에 방망이를 내돌리는 걸 보니 경계할 만한 타자는 아닌 것 같았다.

'이런 녀석을 왜 대타로 내보낸 거지?'

포수 디오토 보체는 한 술 더 떠 한정훈을 무시해 버렸다. 전략 분석 자료에서 홈런을 잘 친다는 문구를 본 것 같았지만 신경 쓰지 않았다. 이미 투 스트라이크를 잡은 이상 달라질 건 아무것도 없다고 생각했다.

'자, 끝내자!'

디오토 보체가 바깥쪽으로 흘러 나가는 슬라이더를 요구했다.

'좋아. 굳이 시간 끌 거 없지.'

바르타 알베르타가 가볍게 고개를 끄덕였다. 그러고는 빠르게 투구판을 박차고 나왔다.

후앗!

바르타 알베르타의 손끝을 빠져나간 공이 머리 뒤쪽에서 시작해 한복판으로 날아들었다.

하지만 한정훈은 파워 포지션 자세에서 방망이를 멈춰 세웠다. 그대로 바깥쪽으로 흘러 나갈 거란 느낌이 든 것이다.

예상대로 공은 한정훈이 팔을 쭉 뻗어도 닿기 어려운 코스로 빠져나갔다.

'이게 슬라이더란 말이지?'

포구 위치를 살핀 뒤 한정훈이 천천히 고개를 주억기렸다. 그런 한정훈올 바라보며 디오토 보체가 눈살을 찌푸렸다.

'뭐야, 이 자식. 아까 그건 치고 이걸 고르네? 바깥쪽 공은 자신이 없는 건가?'

디오토 보체가 고개를 돌려 이탈리아 대표팀 더그아웃을

바라봤다. 하지만 코칭스태프 중 누구도 디오토 보체에게 답을 일러주지 못했다. 전략 분석 자료가 부실한 건 이탈리아 대표팀도 마찬가지였기 때문이다.

"보체가 이쪽을 보는데요?"

"이제 와서 뭘 어쩌라는 거야."

마첼로 보르티 감독이 퉁명스럽게 수신호를 보냈다.

알아서 해라.

사인을 확인한 디오토 보체가 쓴웃음을 지었다. 그러고는 다시 한번 바깥쪽 슬라이더를 요구했다.

'아예 스트라이크를 던지라 이거지?'

바르타 알베르타는 이번에도 가볍게 고개를 끄덕였다. 그 역시도 한정훈이 정말로 공을 골라냈다고는 생각하지 않았다.

투구판의 오른쪽 끝에서 홈플레이트의 왼쪽 끝으로 내던지는 각이 큰 슬라이더는 바르타 알베르타가 가장 자신 있는 공이었다. 이 공 하나 때문에 국가대표에 선발됐다고 해도 과언이 아니었다.

게다가 바르타 알베르타는 좌타자들에게 강했다. 메이저리그 스카우터들이 관심을 둘 정도의 레벨을 제외하고 바르타 알베르타의 공을 제대로 때린 좌타자는 단 한 명도 없었다.

'잘 가라, 멍청아.'

눈으로 1루 주자를 한 번 바라본 뒤 바르타 알베르타가 힘차게 공을 내던졌다.

후앗!

바르타 알베르타의 머리 뒤쪽에서 날아온 공이 이번에도 한복판을 지나 바깥쪽으로 흘러 나갔다.

그 순간.

'걸렸다!'

테이크 백을 마친 한정훈이 그대로 방망이를 내돌렸다.

따악!

묵직한 타격음과 함께 공이 외야로 사라졌다. 그와 동시에 좌익수 첼리 바토가 펜스를 향해 내달렸다.

"젠장할!"

바르타 알베르타는 종종걸음으로 홈플레이트 뒤쪽으로 움직였다. 라이너성으로 뻗어 나간 타구가 담장을 넘어갈 거라고는 생각하지 않은 것이다.

하지만 마지막 순간에 가속이 붙은 타구는 힘을 잃지 않고 그대로 왼쪽 담장을 넘어가 버렸다.

-와우, 넘어갔네요.

-네, 대단한 홈런입니다. 바깥쪽으로 도망치는 슬라이더였는데요. 욕심 부리지 않고 밀어쳐서 홈런을 만들어냈습니다.

-백넘버가 53인가요?

-53이면 후보급 선수일 텐데요. 여느 프로 선수들 못지않은 완벽한 스윙을 보여주었습니다.

-리플레이 화면이 나오는데요. 타이밍이 살짝 늦은 감이 있었는데 팔로우 스윙을 끝까지 해줬네요.

-대부분의 어린 선수가 풀스윙을 통해 장타를 만들어내려는 경향이 있는데 이 선수는 다르네요. 상당히 기술적인 타격이었습니다.

-마지막 순간까지 어깨가 열리지도 않았고 머리가 들리지도 않았습니다. 마치 저 공이 어디로 날아오는지를 정확하게 알고 때린 것 같은 느낌마저 드네요.

-어쨌든 백넘버 53, 한의 홈런으로 한국이 이탈리아를 15대 0으로 제압하고 첫 승을 가져갔습니다.

캐나다 공영 방송인 CBS 중계진은 비교적 담담한 목소리로 한정훈의 홈런을 칭찬했다. 이때까지만 해도 한정훈이 어떤 선수인지 제대로 파악하지 못한 눈치였다.

하지만 다음 날 니카라과전에 이어 호주전까지 한정훈이 연거푸 대타 홈런을 쏘아 올리자 중계진의 음색이 달라졌다.

-와우! 이번에도 크게 날아갑니다.

―대한민국 대표팀의 53번이 이번 대회 3번째 홈런을 신고합니다.

―우익수 브레이락, 몇 걸음 쫓아가지 못하고 타구를 포기해 버렸습니다.

―맞는 순간부터 의심할 수 없는 홈런이었으니까요.

―이번 홈런으로 한정훈은 이번 대회 홈런 공동 선두로 올라섭니다.

―세 경기 연속 대타로 출장해 4타수 4안타에 홈런만 3개입니다.

―나머지 안타도 펜스를 직격하는 2루타였죠?

―프로필에 5.8피트(≒176.8㎝)로 나오는데요. 체구가 큰 편은 아니지만 힘 하나는 타고난 선수 같습니다.

―리플레이 화면으로 다시 한번 보시죠.

―이런, 캐빈 마이어스의 공이 몸 쪽으로 몰려서 들어갔네요. 타격감이 좋은, 힘 있는 타자들이 결코 용납하지 못하는 공을 던졌어요.

―91mile/h(≒146.5㎞/h)의 포심 패스트볼이었는데요. 저 공을 왜 던졌을까요?

―볼카운트가 몰렸으니까요. 원 스트라이크 투 볼에서 반드시 스트라이크가 필요했겠죠.

―초구 스트라이크를 잡아놓고 캐빈 마이어스가 2구와 3구

연속해서 유인구를 던졌지만 한은 꿈쩍도 하지 않았는데요.

―바로 그 점이 캐빈 마이어스에게 스트라이크를 강요했을 겁니다. 볼을 던지면 볼넷이 될 가능성이 높아지고 그럼 루상에 주자를 남겨놓은 상황에 오늘 경기 두 개의 홈런을 때린 강승혁을 상대하게 될 테니까요.

―결국 유인구에 속지 않고 볼카운트를 유리하게 만든 한을 칭찬할 수밖에 없겠군요. 아, 호주 감독. 투수를 바꿉니다.

―점수 차이가 크게 벌어지긴 했습니다만 호주 감독은 콜드게임으로 경기가 끝나는 걸 원치 않는 것 같습니다.

7회 말 한정훈의 홈런으로 스코어는 11 대 2까지 벌어졌다.

하지만 호주 대표팀 감독은 투수 교체를 강행했다. 8회 초가 3번부터 시작되는 만큼 추가 실점을 막은 뒤 조금이나마 점수를 만회해 보겠다는 계산이었다.

하지만 한정훈의 홈런에 자극을 받은 강승혁은 바뀐 투수의 초구를 잡아당겨 좌측 담장을 넘겨 버렸다.

―백 투 백 홈런입니다! 대한민국! 호주를 12 대 2로 완파하고 3연속 콜드게임 승리를 챙깁니다!

―실투를 놓치지 않고 제대로 받아쳤습니다.

―강승혁, 그라운드를 돌아 홈으로 들어오고 있습니다. 기

쁘더라도 홈플레이트는 확실히 밟아야 할 텐데요.

─하하, 앞서 니카라과의 마틴 카스티요 선수가 홈런을 치고 홈플레이트를 밟지 않아 누의 공과로 아웃이 됐었죠.

─어쨌든 이번 홈런으로 강승혁 선수가 다시 홈런 레이스에서 앞서 나갑니다.

─한국에서는 한정훈과 강승혁을 가리켜 HK포라고 부른다는군요.

─HK포라. 어감이 나쁘지 않네요.

─개인적으로 대만과의 마지막 경기에서는 한정훈이 선발 출전하는 모습을 봤으면 좋겠습니다.

─그래도 다음 경기까지는 대타가 좋겠죠?

─하하, 물론입니다.

개최국 캐나다는 이번 대회 우승이 목표였다. 캐나다에서 열린 12번의 대회에서 단 한 차례도 우승하지 못한 한을 이번 대회 때 풀겠다는 각오였다.

물론 캐나다가 우승할 거라 예상하는 이는 많지 않았다. 27회 대회 중 최고 성적이 2012년 한국 대회 때 준우승이었고 3위를 차지한 것도 4번뿐이니 냉정하게 말해 우승권 국가는 아니었다.

이번 대회에서도 캐나다는 첫 경기부터 대만에게 발목을

잡혔다. 에이스인 웰스 브랜든을 내세우고도 승부치기 끝에 3 대 2로 패배하면서 자존심을 구겼다.

다행히 다음 날 호주가 난타전 끝에 대만을 8 대 7, 케네디 스코어로 물리치며 캐나다와 호주 대만이 2승 1패로 동률을 이루고 있지만 캐나다가 계획대로 조 1위 자리를 차지하기 위해서는 한국을 이긴 뒤 한국이 대만을 잡아주길 기대해야 하는 상황이었다.

그래서 CBS 해설진은 한정훈이 캐나다와의 경기 때도 대타로 출전하길 희망했다.

지명타자 자리에 선발로 출전해 홈런 2개 포함 0.500 / 0.571 / 1.167 / 1.738이라는 어마어마한 성적을 내고 있는 양승민보다 타석에 들어섰다 하면 장타를 때려내는 한정훈을 더 경계한 것이다.

박찬오 감독도 예선 때까지는 지금의 선발 라인업을 고수할 생각이었다.

하지만 최인섭은 한정훈을 벤치에서 썩히는 건 죄악이라며 언성을 높였다.

"이건 아니죠, 감독님. 세 경기 대타로 썼으면 남은 두 경기는 선발 출장 기회를 줘야 하는 거 아닙니까."

"그렇긴 한데 아직 승민이 발목 상태가 좋지 않잖아."

"그럼 승민이를 대타로 써야죠. 왜 멀쩡한 애를 기운 빠지게 합니까."

"후우……. 그럼 수비는? 정훈이를 외야로 돌리자고?"

"아니죠. 정훈이를 1루로 집어넣고 승혁이를 우익수로 돌리는 겁니다."

"승혁이를 우익수로? 그걸 받아들이겠어?"

박찬오 감독은 강승혁이 자존심상 1루를 내주라는 요구를 받아들이지 않을 거라 여겼다.

하지만 정작 강승혁은 기다렸다는 듯이 고개를 끄덕였다.

"팀을 위한 결정이라면 그렇게 하겠습니다."

"우익수 수비 가능하겠어?"

"필립이만큼은 아니지만 최선을 다하겠습니다."

강승혁은 우익수 출전이 싫지 않았다. 그렇지 않아도 메이저리그 스카우터들에게 외야 수비가 가능하다는 걸 보여주고 싶던 차였다.

무엇보다 대표팀 최고의 타자인 한정훈이 수비 때문에 벤치에 앉아 있는 꼴은 더 이상 보고 싶지 않았다.

'필립이에게는 미안하지만 내 후배는 내가 챙겨야지.'

덕분에 한정훈은 처음으로 선발 출전 명단에 이름을 올릴 수 있었다.

경기 전, 최인섭은 한정훈을 따로 불렀다.

"정훈아, 캐나다는 너 쉽게 상대 안 할 거다. 솔직히 나라면

너 거르고 승혁이 상대해. 그러니까 인내심을 가져라. 네가 흐
트러지면 다음 타자들도 영향을 받을 수밖에 없으니까. 내 말
무슨 뜻인지 알겠지?"

최인섭은 한정훈이 조바심을 가질까 봐 걱정했다.

하지만 한정훈은 급할 게 없었다. 2년 후에도 18세 이하 야
구 월드컵에 참여할 수 있으니 이번 대회는 주어진 역할에 최
선을 다하기로 마음을 먹은 뒤였다.

최인섭의 예상대로 캐나다 선발 조 브리스는 한정훈에게
좋은 공을 주지 않았다. 철저히 유인구로 승부를 걸다가 여차
하면 그냥 볼넷으로 내보내 버렸다.

그렇게 한정훈은 세 번째 타석까지 안타 없이 볼넷 두 개만
기록했다. 그러는 동안 강승혁과 김주현, 양승민은 장타를 하
나씩 터뜨리며 존재감을 과시했다.

하지만 경기는 예상보다 답답하게 진행됐다. 선발로 나선
조석훈이 1회부터 3점 홈런을 얻어맞았고 6회 말 1사 1, 3루
에 마운드에 오른 송창신이 싹쓸이 2루타를 얻어맞으며 타자
들이 얻어낸 점수를 단숨에 까먹어버렸다.

7회까지 점수는 5 대 5.

"후우……."

경기를 지켜보던 박찬오 감독이 길게 한숨을 내쉬었다.

한 점이라도 리드를 한다면 대표팀의 필승조인 정우남과

오승일을 투입할 생각이었다.

하지만 경기 분위기는 어느새 승부치기 쪽으로 향하고 있었다.

"대체 뭐가 문제일까."

박찬오 감독이 혼잣말처럼 중얼거렸다. 그러자 최인섭이 구심을 노려보며 대답했다.

"저 태평양 스트라이크존 때문이지 뭐."

"대서양 아니고?"

"암튼 저 인간 왜 저래? 아무리 홈 어드밴티지라지만 저건 해도 너무하잖아. 안 그래?"

"어느 정도 예상하긴 했지만 솔직히 많이 편파적이긴 해."

서재훈도 쓴웃음을 지었다. 캐나다 투수들을 상대로는 넓디넓은 스트라이크존을 적용하다가 한국 투수들만 마운드에 오르면 빡빡해지니 제대로 경기를 하기가 어려웠다.

"어쨌든 승부치기는 피해야 하는데 걱정이다."

"여기서 승부치기 갔다간 백퍼 진다고."

"그전에 점수를 뽑아야 하는데……."

"일단 정훈이 타석이니까 기다려 봐야지."

최인섭은 대기 타석에 선 한정훈에게 기대를 걸었다.

하지만 서재훈은 오늘 한정훈의 컨디션이 썩 좋지 못하다고 여겼다.

"정훈이는 대타 체질인가?"

"그런 말도 안 되는 소리하지 마. 이 세상에 대타 체질이 어디 있어?"

"오늘은 영 별로니까 그렇지, 인마."

"캐나다 투수들이 피해가는 데 무슨 수로 치라고? 볼에도 막 방망이 휘두를까?"

"아무튼 양아들 아니랄까 봐."

서재훈이 못 말린다며 고개를 흔들었다. 최인섭이 한정훈을 아끼는 것도 좋지만 무턱대고 편애하는 것 같아 걱정이었다.

그러나 최인섭도 아무 이유 없이 한정훈을 신뢰하는 건 아니었다.

"양아들 같은 소리 말고 기다려 봐. 이번 타석에서 분명 뭔가 보여줄 테니까."

앞선 세 타석에서 한정훈은 불합리한 구심의 스트라이크존을 꿋꿋이 참아냈다. 심지어 마지막 타석에서는 구심의 판정에 맞춰 스트라이크존을 넓게 보며 적극적으로 방망이를 휘두르는 모습도 보여주었다.

비록 잘 맞은 타구가 중견수 정면으로 날아가긴 했지만 최인섭은 세 번째 타석을 보고 확신을 가졌다. 대표팀의 해결사 한정훈이라면 이 답답한 경기 흐름을 바꿔줄 것이라고 굳게 믿었다.

한정훈도 최인섭의 기대를 저버릴 생각이 없었다.

투 스트라이크 원 볼.

불리한 볼카운트에서 바깥쪽으로 빠지는 포심 패스트볼이 날아들자 한정훈은 지체하지 않고 방망이를 내돌렸다.

따악!

방망이 끝 부분에 걸린 타구가 그대로 백네트 쪽으로 날아갔다. 타이밍은 얼추 맞았지만 스트라이크존에서 공 두 개 정도가 빠져나가는 공을 때려 좋은 타구를 만들기란 쉽지 않은 일이었다.

'바깥쪽으로 하나 보여줬으니 이제 몸 쪽이겠지.'

한정훈은 길게 숨을 골랐다. 그리고 앞서 강진호를 삼진으로 잡아냈던 스플리터를 머릿속에 그렸다.

마운드에 선 우완 투수 매든 레클리는 포심 패스트볼과 체인지업, 투 피치 스타일의 투수였다. 전략 분석 자료에는 슬라이더를 던질 수 있다고 나와 있지만 강진호를 포함해 5타자를 상대하는 동안 단 하나의 슬라이더도 던지지 않았다.

대신 포심 패스트볼처럼 들어오다 살짝 가라앉는 스플리터로 재미를 보고 있었다.

한정훈은 매든 레클리가 체인지업보다 스플리터를 던질 거라 여겼다. 그래서 오른발을 타석 앞쪽으로 조금 더 밀어 넣었다.

하지만 투 스트라이크라는 볼카운트에 취한 포수 이반 헤이예스는 그 미묘한 차이를 알아차리지 못했다.

'자, 끝내자.'

이반 헤이예스가 몸 쪽으로 미트를 붙여 넣었다.

매든 레클리가 기다렸다는 듯이 고개를 끄덕였다.

"후읍."

짧게 숨을 들이켜며 든 레클리가 투구판을 박차고 나왔다.

후앗!

매든 레클리의 손끝을 빠져나간 공이 한정훈의 몸 쪽으로 낮게 파고들었다. 그러더니 홈플레이트를 코앞에 두고 빠르게 가라앉기 시작했다.

만약 포심 패스트볼 타이밍에 방망이를 내돌렸다면 공의 무브먼트를 이겨내지 못하고 평범한 땅볼이 됐을 터였다. 그러나 한정훈은 평소보다 상체를 살짝 굽히며 방망이를 쭉 뻗어냈다. 그러면서 마지막까지 공에서 눈을 떼지 않았다.

그렇게 부챗살처럼 허리를 빠져나온 방망이는.

따악!

이반 헤이예스의 미트보다 한발 앞서서 공을 집어삼켜 버렸다.

'넘어갔다!'

쭉 뻗어 나간 타구를 바라보며 한정훈이 씩 웃었다.

최종 스코어 6 대 5.

한정훈의 결승 홈런에 힘입어 대한민국 대표팀은 개최국 캐나다를 꺾고 조 1위를 지켜냈다.

10장
슈퍼 라운드

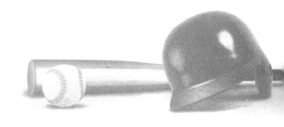

1

"어차피 대만과 한국의 싸움이었습니다."

대만 대표팀 왕쩡웨이 감독은 한국과 캐나다전 결과에 큰 의미를 부여하지 않았다. 본래 캐나다는 한 수 아래의 팀이었다며 인터뷰 룸에 모인 캐나다 기자들을 발끈하게 만들었다.

한국 대표팀에서 경계해야 할 선수들을 묻는 질문에도 왕쩡웨이 감독은 거만하게 턱을 추켜들었다.

"내가 아는 한국 선수는 류현신과 추신우뿐입니다."

왕쩡웨이 감독의 인터뷰가 기사로 나자 야구팬들은 어처구니없다는 반응을 보였다.

└뭐지? 이 참신한 느낌은?

└이거 일본이 많이 써먹는 전략 아닌가?

└일본이야 자칭 아시아 최강국이니 그럴 수 있다 쳐도 대만은
뭔데?

└2010년 썬더베이 대회 때 대만이 우승했음. 아마 그것 때문에
나대는 듯.

대한민국 청소년 대표팀의 마지막 우승은 2008년 캐나다
에드먼턴 대회였다. 이후 4개 대회 동안 결승전은 구경조차
하지 못했다. 수상도 2015년 일본 대회(동메달)가 전부였다.

같은 기간 대만은 2010년 대회에서 우승을 차지했고 2012
년에 3위에 올랐다. 최근 5개 대회의 성적만 놓고 보자면 우
승 1회, 3위 1회로 같으니 대만 대표팀 감독이 해볼 만하다고
떠드는 것도 무리는 아니었다.

하지만 야구 월드컵을 지켜본 야구팬들은 하나같이 일방적
인 경기가 될 가능성이 높다고 내다봤다.

└저러다 한뚱한테 탈탈 털려봐야 정신 차리지.

└ㅋㅋ 나도 방금 그 생각했음.

└그리고 한뚱 거르다 강승혁한테 쳐 맞겠지.

└대만전 선발 인창고 김강희임. 좌완한테 약한 대만 타자들 죽

쓸 듯.

└조심스럽게 7회 콜드게임 예상해 봅니다.

그리고 그 예상은 대부분 현실이 됐다.

"이대로 끝낼 순 없어. 두고 봐. 한 점도 안 내줄 테니까."

자체 평가전 부진으로 5선발까지 밀려난 김강희는 그야말로 독기를 품었다. 경기 초반부터 150㎞/h의 빠른 공을 내던지며 대만 타자들을 힘으로 찍어 눌렀다.

타자들도 캐나다전의 아쉬움을 달래듯 초반부터 불방망이를 휘둘렀다.

1회 말 선두 타자 최주찬의 내야안타로 시작된 기회를 살려 3점을 뽑아낸 뒤 3회 한정훈과 강승혁이 백투백 홈런을 터뜨리며 6 대 0으로 달아났다.

대만이 자랑하던 에이스 왕지엔민은 3회를 버티지 못하고 강판됐다. 뒤이어 마운드에 오른 투수들도 서로 주거니 받거니 실점들을 나눠 가지며 왕쩡웨이 감독을 허탈하게 만들었다.

5회 말 다시 두 점을 보탠 대한민국 청소년 대표팀은 7회 말 2사 주자 만루 상황에서 터진 김주현의 2타점 2루타에 힘입어 대만을 10 대 0, 7회 콜드게임으로 꺾고 조 1위를 확정지었다.

한국에 패배한 대만이 3승 2패로 2위를 기록했고 개최국 캐나다가 승자승 원칙에 밀려 3위(3승 2패)를 차지했다.

"다들 수고 많았다. 내일은 푹 쉬자."

조별 예선 마지막 경기를 끝내고 박찬오 감독은 선수들에게 휴식을 부여했다. 여독을 풀 새도 없이 5일간 연달아 치른 경기로 선수들이 많이 지친 상태였다. 슈퍼 라운드까지 이틀의 재정비 시간이 주어지는 만큼 하루 정도는 선수들을 풀어 줄 필요가 있다고 여겼다.

"야, 내일 뭐 할래?"

"그냥 하루 종일 푹 잘 건데?"

"그러지 말고 잠깐 나가자."

"나가긴 어딜 나가? 너 영어는 할 줄 아냐?"

선수들은 삼삼오오 모여 계획을 짰다. 그 모습을 지켜보던 최주찬이 부럽다는 표정을 지었다.

"왜요? 형도 나가고 싶어요?"

"당연하지. 캐나다까지 와서 야구만 하다 가야겠냐?"

"그럼 가요."

"정말? 너도 갈 거지?"

"아뇨, 형만 가라고요."

"됐어! 이 치사한 놈아. 너랑 안 놀아."

최주찬은 휴식일에도 평소처럼 연습하겠다는 한정훈이 얄미웠다. 하지만 한정훈은 휴식이 필요할 만큼 피곤하지 않았다.

"형이 이해해요. 전 처음 세 경기 대타로만 나갔잖아요."

"그게 뭐? 그럼 백업으로 나간 애들은 다 휴식 반납하라고?"

"그런 건 아니지만 주전 자리 지키려면 열심히 해야죠. 슈퍼 라운드에서 대타로 나가고 싶진 않다고요."

강승혁이 우익수로 자리를 옮기면서 한정훈은 캐나다전과 대만전에 선발 출전할 수 있었다. 하지만 그런 식의 포지션 변경이 슈퍼 라운드에도 적용될 거란 보장은 없었다.

예선과는 달리 슈퍼 라운드는 매 경기 최선을 다해야 했다. 방심하다 강호들에게 덜미를 잡히면 지난 대회 때처럼 조별리그 1위를 하고도 결승 진출이 좌절될 수 있었다.

하지만 최주찬은 한정훈이 괜히 앓는 소리를 하는 거라 여겼다.

"야, 다른 사람도 아니고 설마 널 빼겠냐?"

"강팀을 상대로는 공격보다 수비가 먼저라고요. 수비만 놓고 보면 승혁이 형이 1루 보는 게 맞아요."

조별 예선에서 한정훈은 2경기 선발 포함 12번 타석에 들어서 9타수 7안타 5홈런의 맹타를 휘둘렀다. 타점은 대회 최다인 12개. OPS는 무려 3.50에 달했다.

5경기 전부 선발 출장한 강승혁도 18타수 12안타에 홈런 5개 10타점을 기록 중이었다. OPS는 2.38. 이번 대회 20타석 이상을 소화한 선수 중에서는 가장 좋은 활약을 펼치고 있었다.

타격 성적만 놓고 보자면 한정훈이 강승혁보다 나았다. 그러나 1루 수비를 전제로 두자면 이야기는 달랐다.

봉황기부터 1루 수비 훈련을 받긴 했지만 한정훈의 수비 능력은 강승혁만 못했다. 캐나다전과 대만전 때 기록되지 않은 실책성 플레이도 몇 차례 나왔다.

강승혁도 우익수 자리에서 타구 판단의 아쉬움을 드러냈으니 슈퍼 라운드 때는 다시 1루로 복귀할 가능성이 높았다. 그렇게 될 경우 지명타자 자리를 두고 다시 양승민과 경쟁을 할 수밖에 없었다.

"승민이 저 녀석 발목 괜찮은 거 같던데."

최주찬이 고개를 돌려 양승민을 바라봤다. 김주현과 힘겨루기를 하는 모습을 보니 발목을 접질린 게 맞나 싶을 정도였다.

"내가 슬쩍 가서 떠볼까?"

"뭘요?"

"저 녀석이 거짓말을 하고 있을지도 모르잖아."

최주찬이 슬그머니 몸을 일으켰다. 그러자 한정훈이 냉큼 최주찬의 팔을 붙잡았다.

"괜찮아요."

"괜찮긴 뭐가 괜찮아?"

"그렇게 안 해도 제 힘으로 뺏을 거예요."

"……뭐?"

"실력으로 선발 자리 차지할 거라고요."

한정훈이 대수롭지 않게 말했다. 똑같은 지명타자 자리에서 경쟁한다면 승산은 충분하다고 여겼다.

물론 그렇다고 해서 연습을 게을리할 생각은 없었다.

"제 걱정 말고 형은 푹 쉬어요."

"너는? 정말 평고 받으러 갈 거야?"

"일단 김명원 코치님하고 비디오 좀 보고요."

"젠장, 네가 이러는데 내가 어떻게 노냐?"

최주찬이 입술을 삐죽거렸다. 그러다 구석에서 조용히 음악을 듣고 있는 강승혁을 잡아끌었다.

"야, 너도 갈 거지?"

"어딜?"

"정훈이 비디오 보러 간단다."

"무슨…… 비디오?"

"잔말 말고 따라와, 인마. 좋은 거야."

"크흠, 그럼 모처럼 문화생활 좀 해볼까?"

강승혁이 기대 어린 눈으로 한정훈과 최주찬을 따라나섰다. 그 뒤로 박지승과 안시원, 김진태까지 서린 고등학교 출신 전원은 시청각실에 모여 오붓한 시간을 보냈다.

2

한국의 일방적인 독주로 끝이 난 A조와 달리 B조의 순위 경쟁은 제법 치열했다.

당초 언론은 미국이 전승으로 조 1위에 오를 거라 예상했다. 2위 자리를 두고는 일본과 쿠바가 다툴 것이라고 내다봤다. 하지만 막상 대회가 시작되자 서로 물고 물리는 경기가 속출했다.

첫 경기에서 쿠바를 완파한 미국은 다음 날 일본에게 역전패를 당했다. 미국을 잡고 선두로 올라선 일본도 3차전에서 쿠바의 강타선을 감당하지 못하고 휘청거렸다.

내심 조 1위를 노렸던 쿠바는 마지막 날 한 수 아래라 여기는 네덜란드에게 덜미가 잡혔다. 네덜란드는 앞서 멕시코에게 승부치기 접전 끝에 패배했고, 단 1승도 거두지 못할 거란 남아프리카 공화국은 네덜란드에게 3 대 2 한 점 차 신승을 거두며 네덜란드의 슈퍼 라운드 탈락을 이끌어 냈다.

최종적으로 조 1위는 4승 1패를 거둔 미국이 차지했다. 똑같은 성적에도 승자승 원칙에서 밀린 일본이 2위로 밀려났고 남아프리카 공화국이 네덜란드를 잡아주면서 쿠바가 슈퍼 라운드 막차를 탔다.

　슈퍼 라운드
　A조 진출국
　1위 한국(2승)
　2위 대만(1승 1패)
　3위 캐나다(2패)

　B조 진출국
　1위 미국(2승)
　2위 일본(1승 1패)
　3위 쿠바(2패)

"결승이 가능한 건 우리하고 미국, 일본 정도일까?"

"쿠바가 전승을 하고 미국 일본이 전패를 하면 가능성은 있어. 경우의 수를 좀 따져 봐야겠지만."

"실제 그런 일이 일어날 가능성은 없다고 봐야 하잖아."

"쿠바 역시 실낱같은 가능성을 가지고 경기에 임할 거란 소리야."

예선전 성적을 떠안는 슈퍼 라운드 규정상 결승 진출을 바라볼 수 있는 건 2위까지였다. 2패를 떠안은 3위가 결승전을 기대하기란 현실적으로 쉽지 않았다.

그렇다고 B조 3위인 쿠바를 가볍게 여길 수는 없었다. 미국과 일본에 신경 쓰다 괜히 쿠바한테 발목을 잡혔다간 11년 만의 우승 도전 자체가 물거품이 될 수도 있었다.

"감독님, 선발은 어떻게 하실 겁니까?"

서재훈이 박찬오 감독을 바라봤다. 한국의 슈퍼 라운드 첫 번째 상대는 쿠바였다. 그리고 쿠바전이 끝나고 정확하게 나흘 뒤에 결승전이 열렸다.

결승전에 에이스 최정환 카드를 쓰기 위해서는 어쩔 수 없이 쿠바전에 맞춰 투입시켜야 했다. 하지만 그럴 경우 미국과 일본전이 힘들어질지 몰랐다.

"서 코치 생각은 어때?"

"저라면 정환이를 미국전으로 돌리겠습니다. 일단 쿠바와 미국만 잡으면 결승 진출은 문제없으니까요."

슈퍼 라운드에서 쿠바와 미국전에서 승리를 챙긴다면 설사 일본에 패배한다 하더라도 승자승으로 미국을 밀어내고 결승 진출을 확보할 수 있었다.

하지만 전략 분석을 겸하고 있는 김명원 코치의 생각은 달랐다.

"쿠바는 분명 에이스 로한 마르티네스를 내세울 겁니다. 로한 마르티네스를 상대로 다득점을 기대하기란 쉽지 않습니다."

쿠바의 에이스 로한 마르티네스는 최정환, 다나카 슈헤이, 제이크 카메론과 함께 이번 대회 최우수 투수상 후보로 거론되고 있었다. 예선전 성적은 1승뿐이지만 그 1승이 일본을 상대로 거둔 승리라 의미가 남달랐다.

로한 마르티네스는 까다로운 일본 대표팀 타자들을 상대로 7이닝 동안 5피안타 1실점 호투를 펼치며 경기장을 찾아온 메이저리그 스카우터들의 시선을 한 몸에 받았다. 벌써부터 다저스와 컵스가 로한 마르티네스와 접촉 중이라는 말까지 나돌 정도였다.

"김 코치님, 로한 마르티네스 구속이 이게 맞나요?"

"자료에는 155㎞라고 나와 있지만 일본전에서 160㎞를 찍었습니다."

"허, 암튼 그놈의 나라는 진짜 개나 소나 다 160㎞네요."

최인섭이 혀를 내둘렀다. 최정환도 최고 구속이 157km/h까지 나온다지만 150㎞/h 후반의 공과 160㎞/h는 어감부터가 달랐다.

"공이 빠른 만큼 제구는 다소 불안합니다. 하지만 일본전처럼 대놓고 스트라이크존을 공략해 들어온다면 타자들이 고전할지도 모르겠습니다."

일본을 상대로 로한 마르티네스는 107개의 공 중 77개를 스트라이크존 안에 밀어 넣었다. 특별히 코너워크도 하지 않았다. 말 그대로 칠 테면 쳐보라는 식으로 공을 던졌다.

로한 마르티네스의 공격적인 피칭에 일본 타자들은 제대로 힘 한번 써보지 못했다. 5회 2득점을 하긴 했지만 내야안타와 실책에 작전까지 걸어 점수를 쥐어짜 낸 것이지 로한 마르티네스를 제대로 공략한 게 아니었다.

"그래도 일본보다는 우리 타자들이 좀 낫지 않을까요?"

"성적만 놓고 보자면 확실히 우리 선수들이 낫습니다. 하지만 상대했던 나라가 달랐으니까요."

"하긴, 니카라과나 이탈리아 상대로 잘 친 걸 내세우긴 좀 그렇죠."

"그래도 우리 애들이 확실히 중량감은 있잖아요. 애들 믿고 정환이는 미국전으로 돌리는 것도 좋을 것 같은데요."

"그렇긴 하지만 예선에서 로한 마르티네스급 투수를 만난 적은 없으니까요. 우리 애들의 실력이 얼마나 통할지는 지켜봐야 할 것 같습니다."

최인섭과 김명원 코치, 조진철 코치는 일단 쿠바를 잡는 게 급선무라고 말했다.

하지만 서재훈은 최정환을 미국전으로 돌리고 싶어 했다. 최정환의 투구 스타일상 쿠바보다는 미국에 통할 가능성이 높다고 판단했다.

"투수가 누구인지가 그리 중요합니까? 최정환이고 김진태고 다 잘 던지는 아들 아닙니까?"

회의가 길어지자 협회에서 온 최성철 이사가 불쑥 끼어들었다. 본래 선수단 운영의 전권은 박찬오 감독을 비롯한 코칭스태프에게 일임되어 있지만 최성철 이사는 협회에서 기대가 크다는 핑계로 은근슬쩍 한 자리 차지하고 앉았다. 그러고는 제멋대로 화제를 바꿔 버렸다.

"그건 그렇고 타순은 나왔습니까?"

최성철 이사의 시선이 박찬오 감독에게 향했다. 그러자 맞은편에 앉아 있던 최인섭이 굳은 얼굴로 입을 열었다.

"아직 확정된 건 아니지만 대만전 때처럼 갈 계획입니다."

"대만전이라면 한정훈에게 또 1루를 맡기겠다, 이겁니까?"

"수비가 다소 불안하긴 하지만……."

"이봐요, 최 코치. 아까 김 코치가 하는 말 못 들었습니까? 로만인지 뭔지 하는 쿠바 에이스가 나온다잖아요! 그런데 수비도 안 되는 1학년을 내보내겠다, 이겁니까? 그러다 잘못되기라도 하면 최 코치가 책임질 겁니까?"

최성철 이사는 입에 거품을 물고 한정훈을 반대했다. 최인섭이 한정훈의 필요성에 대해 역설해 봤지만 귓등으로도 들으려 하지 않았다.

대신 최성철 이사는 협회에서 추천해서 대표팀에 합류한

조진철 코치와 김명원 코치를 압박했다.

"조 코치하고 김 코치는 어떻게 생각합니까? 한 경기만 삐끗해도 3, 4위전으로 밀리는 판에 이럴 여유가 있습니까?"

"그렇긴 하지만……."

"이런 중요한 경기일수록 수비 위주로 믿을 만한 선수들을 우선적으로 기용해야죠. 안 그렇습니까?"

"그, 그렇죠."

"이사님 말씀이 지당하십니다."

조진철 코치와 김성원 코치는 마지못해 고개를 주억거렸다. 홍만식 기술위원장의 오른팔이라 불리는 최성철 이사의 눈 밖에 나봐야 좋을 게 없었다.

하지만 최인섭은 이대로 한정훈을 포기할 생각이 없었다.

"그렇다면 승혁이를 1루로 하시죠. 그리고 지명타자 자리에 정훈이 넣겠습니다."

"뭐, 뭐요?"

"대표팀 타자 중에서 개인 성적은 정훈이가 가장 좋습니다. 수비가 마음에 걸리긴 했는데 지명타자면 문제될 건 없겠죠."

"제 생각도 같습니다. 대표팀에서 점수를 내줄 만한 타자라고는 정훈이하고 승혁이뿐인데 정훈이를 빼버리면 승혁이한테 모든 견제가 집중될 겁니다."

최인섭과 서재훈이 한 목소리를 내자 잠자코 듣고 있던 박찬오 감독도 고개를 주억거렸다.

최성철 이사가 다급히 조진철 코치와 김성원 코치에게 눈치를 줬지만 분위기는 달라지지 않았다. 조진철 코치와 김성원 코치도 한정훈에 대해서만큼은 이견을 제시할 수가 없었다.

"그렇게 하면 수비도 안정적일 테니까 정환이를 미국전으로 돌리는 것도 나쁘지 않을 것 같습니다."

서재훈의 지원 사격에 보답하듯 최인섭도 한발 양보했다. 미국전도 미국전이지만 일단 쿠바를 잡는 데 최선을 다해야 한다는 생각은 변함이 없었다.

하지만 최정환과 한정훈, 둘 중 한 명을 골라야 한다면 당연히 한정훈일 수밖에 없었다.

"진짜 이 사람들이! 박 감독! 내 말을 이렇게 무시해도 되는 겁니까?"

두 시간 가까이 평행선을 달리던 서재훈과 최인섭이 한정훈으로 대동단결하자 최성철 이사가 발끈하듯 소리쳤다.

하지만 박찬오 감독을 선임한 건 홍만식 기술위원장이 아니었다. 협회 기득권의 대척점에 있는 개혁 세력 쪽에서 삼고초려 끝에 데려온 것이었다.

그리고 박찬오 감독 입장에서는 자신이 직접 데려와 투수 파트와 야수 파트를 맡긴 서재훈과 최인섭의 의견을 귀담아

듣지 않을 이유가 없었다.

"이사님 말씀은 잘 알겠습니다만 선수 운영은 코칭스태프의 재량이니까요. 양해해 주셨으면 좋겠습니다."

"양해는 무슨 얼어 죽을 놈의 양해! 그러다 쿠바한테 깨지면 책임질 겁니까?"

"책임지겠습니다."

"뭐, 뭐요?"

"이사님, 저 대표팀 우승시키려고 감독 맡은 겁니다. 쿠바한테 져서 우승 못 할 것 같으면 군말 없이 옷 벗겠습니다."

"바, 박 감독!"

"그럼 이제 말씀 끝나신 거죠?"

박찬오 감독은 감독 재량으로 투수 로테이션과 선발 라인업을 결정지었다. 최성철 이사가 벌게진 얼굴로 씩씩거렸지만 결과는 달라지지 않았다.

"그 1학년 놈이 뭐라고 저 난리인 거야? 제깟 놈이 안타라도 하나 칠 수 있을 것 같아?"

회의가 끝난 뒤에도 최성철 이사는 흥분을 가라앉히지 못했다. 보나마나 중요한 순간마다 헛방망이질이나 해댈 거라며 저주를 퍼부었다.

"그런데 괜찮을까?"

"뭐가? 협회에서 난리칠까 봐?"

"그거야 찬오 형이 알아서 하겠지만 정훈이 말이야. 100mile(≒160.9㎞/h)은 쉽지 않을 텐데……."

서재훈도 내심 걱정이 들었다. 한정훈의 실력과 재능을 모르는 바는 아니지만 슈퍼 라운드는 예선과 수준이 달랐다.

그러나 최인섭은 언제나처럼 한정훈을 믿었다.

"그야 다른 애들도 마찬가지지. 그래도 만약에 우리 애들 중에 누군가가 로한 마르티네스를 상대로 홈런을 때려낸다면 난 정훈이일 거라고 봐."

"에휴, 또 시작이냐?"

"그런 거 아니라니까."

"아니긴 뭐가 아니야."

"잘 들어봐. 정훈이는 정환이하고 진태, 현민이, 석훈이, 강희한테 전부 홈런을 때렸다고. 그런데 로한 마르티네스라고 못 칠 건 뭐야. 안 그래?"

"야, 아무리 그래도 그렇지 100mile이야, 100mile. 나 전성기 때도 못 던져 본 100mile이라고."

"그럼 내기해."

"또?"

"왜? 자신 없어? 쫄려?"

"젠장. 해, 하자고. 대신 이번엔 찬오 형 끼고 와인까지 사는 거다. 알았지?"

"콜!"

"정신 차려, 인마. 너 그러다 제수씨한테 쫓겨나."

"형이나 형수한테 잔소리 들을 각오해. 내 말대로 정훈이가 분명 한 방 때려줄 테니까."

"믿는 도끼에 발등 아작 나봐야 정신 차리지."

서재훈은 속으로 혀를 찼다. 한정훈이 1학년답지 않게 좋은 활약을 펼쳐 주고 있는 건 사실이지만 상대는 100mile/h($\fallingdotseq$160.9km/h)의 좌완 파이어볼러였다. 고교 야구 좌완 중 가장 빠른 공을 던진다는 양현민보다도 7km/h나 더 빠른 공을 던지고 있었다.

그런데 100mile/h을 마치 야구 연습장 배팅볼처럼 여기고 있으니 전직 투수로서 울컥 감정이 치밀었다.

"100mile이 그렇게 만만한 줄 아냐? 안타라면 모를까 홈런은 어림도 없어. 아마 두어 타석은 타이밍도 못 맞출걸?"

서재훈이 불만스럽게 투덜거렸다. 그러다 자신의 말이 씨가 되자 죄인인 양 안절부절못했다.

퍼엉!

로한 마르티네스의 공은 영상으로 본 것보다 더 빨랐다. 198cm의 큰 키에서 내리꽂는 포심 패스트볼은 그야말로 총알처럼 날아들었다.

게다가 긴 팔과 긴 다리를 활용해 최대한 앞쪽에서 공을 던지니 좀처럼 타이밍을 맞추기도 어려웠다.

단점으로 지적된 불안한 제구도 타자들에게 위협이 됐다. 몸 쪽을 파고드는 공이 종종 빠지다 보니 타자들이 지레 겁을 먹고 홈플레이트에 붙질 못했다.

일본전에서 먹혔던 윽박지르는 피칭을 앞세워 로한 마르티네스는 5회까지 무안타 무실점으로 청소년 대표팀 타자들을 틀어막았다.

사구 하나를 포함해 3개의 사사구를 내주긴 했지만 이렇다 할 위기상황을 맞진 않았다. 오히려 10개의 탈삼진을 솎아내며 에이스의 위용을 뽐냈다.

"역시 로한이야."

하위 타선을 깔끔하게 틀어막고 마운드를 내려오는 로한 마르티네스를 바라보며 호세 빅토르 쿠바 대표팀 감독이 고개를 끄덕였다. 그러고는 옆에 선 조세 페레야 투수 코치를 바라봤다.

"장염 증세는 어때?"

"본인 말로는 다 나았다고 합니다."

"아무튼 대단한 녀석이야. 배가 부글거리는 상황에서도 일본을 잡아냈잖아. 안 그래?"

"게다가 오늘은 레드삭스 스카우터들까지 왔으니 더 힘이 나나 봅니다."

"그런데 하고 많은 구단 중에 왜 하필 레드삭스야? 유니폼 때문이야?"

"러슨 카스티요 때문이랍니다."

"러슨 카스티요?"

"네, 로한 말로는 동향이라고 하던데 러슨 카스티요가 가족들에게 레드삭스 자랑을 그렇게 했나 보더라고요. 구장도 좋고 돈도 많이 준다고요."

"하긴. 레드삭스가 쿠바 유망주들에게 돈을 잘 쓰긴 하지."

"게다가 우승할 수 있는 전력도 갖추고 있고요."

"대신 못 하면 아주 죽이려 들잖아?"

"하하, 로한이 설마 그런 생각을 할까요? 아메리칸 리그에서 신인상과 사이영상을 동시에 수상한 전례가 있냐고 물어보던데요."

"메이저리그에 가서 오늘처럼만 던져 준다면야 못 할 것도 없지."

호세 빅토르 감독이 피식 웃었다. 그러고는 슬쩍 전광판을 바라봤다.

"그건 그렇고 타자들이 점수를 너무 못 내는 거 아냐?"

5회 말까지 점수는 2 대 0. 쿠바가 두 점 앞서가고 있었다.

쿠바 대표팀의 화력을 감안한다면 지금쯤 대여섯 점 정도는 나야 정상이었다. 하지만 타자들이 김진태의 슬라이더 공략에 애를 먹으면서 좀처럼 빅 이닝을 만들지 못하고 있었다.

그 답답함은 6회 말에도 이어졌다. 7번 타자 마르쿠스 디아즈가 중견수 앞 안타로 출루했지만 8번 타자 페드로 로아스가 김진태의 슬라이더를 건드려 2루수 앞 땅볼을 치면서 루상의 주자가 사라져 버렸다.

뒤이어 타석에 들어선 9번 타자 벤델 에스퀘레가 좌익선상에 떨어지는 2루타를 때려냈지만 전광판의 점수는 달라지지 않았다. 오히려 무리하게 리드를 넓히다 견제에 잡히며 팀 분위기에 찬물을 끼얹었다.

"멍청한 놈들. 대체 뭘 하는 거야?"

내심 추가점을 기다렸던 로한 마르티네스도 짜증이 치밀었다. 그래서일까. 볼 배합을 바꾸자는 포수 페드로 로아스의 요구를 무시한 채 계속해서 포심 패스트볼만 내던졌다.

따악!

선두 타자 최주찬은 바깥쪽 높은 코스의 포심 패스트볼을 건드렸다가 1루수 앞 땅볼로 물러났다.

"스트라이크, 아웃!"

초구와 2구에 연거푸 헛스윙을 하던 2번 타자 강진호는 3구째 한복판으로 날아든 공을 뜬 눈으로 지켜보다 삼진을 당했다.

그렇게 순식간에 두 개의 아웃카운트가 올라갔다. 그리고 3번 타자 한정훈이 타석에 들어섰다.

"한정훈이다!"

A조 예선을 지켜본 몇몇 메이저리그 스카우터가 관심을 보였다. 하지만 레드삭스의 스카우터 레이 포인트의 시선은 로한 마르티네스에게 떨어질 줄 몰랐다.

"투구 수가 몇 개지?"

"앞선 타석까지 80구입니다."

"100구 전후로 구속이 떨어지니까 아직 20개 정도 남았군 그래?"

"본인 말로는 200구도 자신 있다고 하던데요."

"하하. 그래? 쿠바 투수들은 워낙 어깨가 좋으니까 허풍은 아닐지도 모르지."

"어쨌든 최고 구속은 99mile/h($\fallingdotseq$159.3㎞/h)까지 나왔고 탈삼진도 11개나 잡았어요."

"어때? 이 정도면 구단에 밀어붙여도 좋겠지?"

"오늘 경기 결과만 놓고 보자면 충분하죠. 그런데 레이, 상대가 너무 약한 거 아닐까요?"

"뭐? 한국이 약하다고? 농담도 참 재미없게 하는데?"

레이 포인트가 모처럼 고개를 돌렸다. 그저 자신의 시선을 잡아끌 요량이었다면 성공했다고 칭찬해 줄 생각이었다.

하지만 신입 스카우터 존 하비의 표정은 더없이 진지하기만 했다.

"농담 아닌데요."

"그럼 진심으로 떠든 거야? 아시아 야구에 대해서 공부가 덜 된 건 아니고?"

"물론 한국이 A조 1위로 슈퍼라운드에 올라온 건 저도 알고 있어요. 하지만 전력이라는 건 상대적인 거잖아요. 마르티네스에게 꽁꽁 묶여 있는 팀이 전력 평가 A등급이라는 게 이해가 되질 않아요."

"그건 이번 대회에 참가한 각 구단 스카우터들의 공통된 의견이야."

"레이의 생각은요? 오늘 한국은 정말 A를 받을 만한 팀인가요?"

존 하비가 당돌하게 물었다. 마치 한국에게 A라는 평가를 주는 데 일조한 게 아니냐고 따지는 것 같았다.

그러나 레이 포인트는 A조가 아니라 B조를 따라다녔다. 한때 극동아시아 담당 스카우터였다는 이유만으로 새파란 신참에게 의심을 살 이유는 전혀 없었다.

"그건 조나단한테 물어봐."

"아, A조는 조나단 담당이었죠?"

"그렇다고 정말 물어볼 생각은 하지 마. 그 녀석 가끔 열 받으면 말보다 주먹이 먼저 나가니까."

"저도 학창 시절에 복싱 좀 했거든요?"

"네가? 오늘따라 재미없는 농담을 남발하는군그래."

"정말이에요. 지금이라도 보여드릴까요?"

"네가 복싱을 했다면 조나단은 UFC를 석권했을 거야. 그러니까 설사 복싱을 했더라도 덤비지 말라고. 알았어?"

레이 포인트가 따끔하게 한마디 했다. 신참으로서 의욕이 넘치는 것도 좋지만 동료들의 평가를 부정하면서 제 안목만 자랑하려는 부류는 성공하기 힘들었다.

"어쨌든 한국에 대한 평가는 잘못됐다고요. 이대로 가다간 마르티네스에게 노히트를 당할지도 몰라요."

존 하비가 입술을 삐죽거렸다.

그 순간.

따악!

날카로운 타격음과 함께 새하얀 공이 1루 쪽 관중석 상단으로 날아왔다.

"피해!"

레이 포인트가 반사적으로 고개를 숙였다. 그러면서 오른손을 뻗어 존 하비의 뒷머리를 찍어 눌렀다.

탕! 타다당!

공은 존 하비가 앉아 있던 좌석 머리 부분을 때리고 요란스럽게 튕겨 올랐다.

"헉……!"

존 하비가 뒤늦게 목을 움츠렸다. 만약 레이 포인트가 제
때 손을 써주지 않았다면…… 그다음은 상상하고 싶지도 않
았다.

"넌 스카우터씩이나 되는 녀석이 파울 타구 하나 못 피해서
어쩌자는 거야?"

"파울이 이쪽으로 날아올 줄 알았나요."

"아무튼 이제부터 정신 바짝 차리고 경기에 집중해. 알
았어?"

다시 한번 존 하비를 따끔하게 나무란 뒤 레이 포인트가 반
대편에 앉은 다저스의 스카우터에게 말을 건넸다.

"방금 뭐였어?"

"뭐야, 그걸 못 본 거야?"

"신참 녀석이 시끄럽게 떠드는 바람에 놓쳤어. 뭔데 그래?"

"한이 기어코 마르티네스의 공을 따라잡았다고."

"……뭐?"

"한 말이야. 저 녀석. 저 녀석이 마르티네스의 공을 제대로
때려냈다고."

"변화구를 던지다 얻어맞은 게 아니었어?"

"변화구라니. 전광판을 보라고. 이런, 금세 사라졌잖아. 어

쨌든 100mile(≒160.9㎞/h)이 찍혔어. 정말이라니까?"

"그래, 알았어. 고마워."

레이 포인트는 다저스 스카우터의 말을 곧이곧대로 믿지 않았다. 대신 존 하비가 작성하던 경기 기록표를 빼앗아 살폈다.

한국 대표팀 3번 타자의 첫 번째 타석은 삼진이었다. 초구 스트라이크를 지켜보고 2구를 헛친 뒤 3구를 골라냈지만 4구째 몸 쪽 높이 들어온 하이 패스트볼에 방망이를 내돌리고 말았다.

두 번째 타석에서 볼넷을 얻어 출루하긴 했지만 포심 패스트볼은 전혀 건드리지 못했다.

그런데 그 3번 타자가 고작 두 타석 만에 레드삭스의 에이스로 점찍어 놓은 로한 마르티네스의 공을 따라잡다니.

"말도 안 돼."

레이 포인트는 단호하게 고개를 저었다. 설사 포심 패스트볼이 얻어맞았다 하더라도 막무가내로 휘두른 방망이에 얻어걸린 것뿐이라고 여겼다.

하지만 마운드 위에 선 로한 마르티네스는 좀처럼 흥분을 가라앉히지 못하고 있었다.

"저걸 어떻게 친 거지?"

볼카운트가 몰린 상황에서 스트라이크를 잡으려다 한복

판으로 몰린 실투 같은 게 아니었다. 투 스트라이크 원 볼에서 헛스윙을 이끌어 내기 위해 얼굴 쪽으로 붙여 던진 승부구였다.

첫 번째 타석에서 하이 패스트볼을 던져 삼진을 잡아냈으니 이번에도 속을 가능성이 높다고 여겼다. 하지만 타자는 기다렸다는 듯이 방망이를 내돌렸다. 그것도 오늘 경기에서 가장 빠른 공을 말이다.

"후우……."

로한 마르티네스가 길게 숨을 골랐다. 그리고 한결 매서워진 눈으로 한정훈을 노려봤다.

꽁꽁 눌려 있던 투수의 100mile/h짜리 공을 받아쳐 제법 날카로운 타구를 때려냈으니 뭔가 반응을 보일 거라 여겼다.

그러나 한정훈은 무표정한 얼굴로 타석에 들어섰다. 입을 꽉 다물긴 했지만 그뿐. 겉으로 봐서는 무슨 생각을 하는지 알 수가 없었다.

'우연일까? 아니면 정말로 그 공을 노리고 있었던 걸까?'

투구판을 밟고 사인을 기다리던 로한 마르티네스가 이내 고개를 저었다.

포수 페드로 로아스는 또다시 몸 쪽 사인을 냈다. 일말의 망설임도 없는 걸로 봐서는 조금 전 파울 타구를 얻어걸린 거라고 확신하는 모양이었다.

하지만 로한 마르티네스는 등줄기를 타고 흐르던 싸늘한 기분을 쉽게 떨쳐 내지 못했다.

'일단은 하나 더 보여주자.'

로한 마르티네스의 속내를 읽은 듯 페드로 로아스가 바깥 쪽으로 미트를 옮겼다.

짧게 숨을 들이켠 뒤 로한 마르티네스는 이를 악물고 공을 내던졌다. 그러나 한복판을 지나 바깥쪽으로 빠르게 빠져나 간 공은 그대로 스트라이크존을 벗어나 페드로 로아스의 미 트 속에 파묻혔다.

'그 공은 이제 안 속는다니까.'

타석에서 한 발 물러나며 한정훈이 장갑을 고쳐 꼈다. 처음 이라면 모를까 공이 눈에 익은 이상 손이 나갈 리 없었다.

그러나 한정훈은 길게 한숨을 내쉬며 겨우 골라낸 것처럼 굴었다. 이제 좀 칠 만해졌는데 쿠바 배터리가 볼 배합을 바 꾸도록 만들고 싶진 않았다.

다행히도 페드로 로아스는 한정훈의 뻔한 연기에 넘어가 버렸다.

'눈 딱 감고 참은 모양인데…… 요행도 여기까지다.'

페드로 로아스가 가랑이 사이로 손가락을 움직였다. 그러 고는 한정훈의 옆구리 쪽으로 미트를 받쳐 들었다.

잠시 고심하던 로한 마르티네스도 이내 고개를 끄덕였다.

바깥쪽 공을 하나 보여주면서 볼카운트는 투 스트라이크 투 볼이 됐다. 제구가 빼어난 투수가 아닌 이상 풀카운트를 감안하고 유인구를 던지기란 쉽지 않았다.

'어디, 칠 테면 쳐 봐라!'

로한 마르티네스는 공을 단단히 움켜쥐었다. 그리고 페드로 로아스의 미트를 향해 있는 힘껏 팔을 내돌렸다.

후앗!

로한 마르티네스의 머리 뒤쪽을 빠져나온 공이 순식간에 홈플레이트 앞까지 파고들었다. 포심 패스트볼이라는 확신을 가지고 반 박자 빠르게 타격에 들어가는데도 따라잡기가 쉽지 않았다.

하지만 한정훈은 마지막까지 팔꿈치를 옆구리에 단단히 붙이며 방망이를 내돌렸다. 눈에 보이는 공을 쫓아다녀서는 로한 마르티네스의 공을 제대로 때려내기가 불가능했다.

따악!

살짝 늦은 듯싶었던 방망이는 기어코 홈플레이트 한가운데서 공과 만났다. 예상보다 공이 더 뻗어 오르긴 했지만 다행히도 손잡이 안쪽에 걸리며 파울로 이어졌다.

"젠장할."

한정훈이 이번 공마저 걷어내자 로한 마르티네스가 욕지거리를 내뱉었다. 오늘 경기를 통틀어 가장 완벽한 몸 쪽 포심 패스트볼이었다 해도 과하지 않을 공이었는데 그걸 던지고도 한정훈을 잡아내지 못하니 짜증이 치밀었다.

가까스로 공을 걷어낸 한정훈도 뜨겁게 달궈진 숨을 내쉬었다. 그러나 그 아쉬움은 오래 가지 않았다. 냉큼 감정들을 털어내고는 방망이를 단단히 움켜쥐며 타석에 들어섰다.

그 모습을 지켜보던 호세 빅토르 감독이 슬그머니 더그아웃 앞쪽으로 나왔다. 그리고 페드로 로아스에게 슬라이더를 던지라고 지시했다.

페드로 로아스도 동의하듯 슬라이더 사인을 냈다. 타석 당 투구수가 많아질수록 흥분하는 로한 마르티네스의 성격상 포심 패스트볼만 고집하는 건 위험해 보였다.

하지만 로한 마르티네스는 단호하게 고개를 저었다. 페드로 로아스가 벤치의 사인이라며 수신호를 보내도 막무가내였다.

"저 녀석 또 시작이군."

"투 스트라이크를 먼저 잡았으니까요. 아마 여기서 슬라이더를 던지는 건 자존심이 허락하지 않을 겁니다."

"후우⋯⋯. 어쩔 수 없지."

호세 빅토르 감독이 고개를 절레절레 흔들었다.

"감독도 못 꺾는 고집을 내가 무슨 수로."

페드로 로아스도 쓴웃음을 지으며 다시 포심 패스트볼 사인을 냈다. 그제야 도리질만 해대던 로한 마르티네스가 군말 없이 주억거렸다.

"이번엔 진짜 잡아낸다."

로한 마르티네스는 평소보다 검지와 중지로 공을 더욱 힘 껏 짓눌렀다. 그러고는 페드로 로아스의 미트를 향해 있는 힘 껏 공을 내던졌다.

후앗!

로한 마르티네스의 머리 뒤쪽에서 넘어온 공이 거의 어깨 높이로 날아들었다. 공의 궤적상 높은 볼이 될 가능성이 높았 지만 한정훈은 망설이지 않고 방망이를 내돌렸다.

2사 이후 볼넷을 얻어낸다 한들 2 대 0으로 끌려가는 경기 분위기를 바꾸진 못할 거라 여겼다.

'앞쪽에서 찍어내듯이.'

하이 패스트볼에 대응하기 위해 한정훈은 평소보다 상체를 세우며 스트라이드에 들어갔다. 뒤이어 레벨 스윙을 하듯 간 결하게 방망이를 내돌렸다.

후웅!

평소보다 빠르게 옆구리를 빠져나온 방망이가 홈플레이트 위를 가로질렀다. 그러고는 중력의 법칙을 거스르려는 공을 정확하게 집어삼켜 버렸다.

따악!

날카로운 파열음이 경기장에 울려 퍼졌다. 그와 동시에 메이저리그 스카우터들의 고개가 전광판 쪽으로 홱 하고 돌아갔다.

라이너성으로 뻗어오는 공을 보고 빠르게 뒷걸음질을 치던 중견수 후안 메사도 이내 걸음을 멈췄다. 그러고는 어딘가에 맞고 툭 하고 떨어져 내린 공을 보며 고개를 가로저었다.

그사이 한정훈은 천천히 베이스를 돌았다.

1루를 거쳐 2루로. 다시 3루를 찍고 홈으로.

모든 베이스를 정확하게 밟은 뒤 한정훈은 홈플레이트 옆쪽에 서 있던 강승혁과 손바닥이 찢어져라 하이파이브를 나누었다.

"잘했어, 정훈아."

"이제 형 차례예요."

한정훈의 기를 받은 강승혁은 세 개의 파울 타구를 만들어내며 로한 마르티네스를 몰아붙였다. 비록 잘 맞은 타구가 중견수 정면으로 날아가긴 했지만 침묵했던 HK포가 살아나면서 경기의 흐름이 달라졌다.

하지만 호세 빅토르 감독은 한정훈의 홈런을 대수롭지 않게 여겼다.

"마르티네스, 벌써 지친 건 아니지?"

"농담 마요, 아저씨. 저 로한 마르티네스예요."

"그래, 그래야지. 대신 다음 이닝부터는 공을 낮게 던지라고. 자꾸 높게 던지니까 걸리잖아. 내 말 무슨 소리인지 알지?"

호세 빅토르 감독이 로한 마르티네스의 어깨를 두드렸다.

로한 마르티네스도 걱정하지 말라며 씩 웃어 보였다.

"그냥 운이 나빴을 뿐이야. 내 공은 아무 문제없다고."

자신의 지정석에 주저앉으며 로한 마르티네스는 혼잣말처럼 중얼거렸다. 한정훈이 때려낸 홈런은 실투라고 넘겨 버렸다. 4번 타자 강승혁을 힘으로 잡아냈으니 계속해서 한국 대표팀 타자들을 몰아붙일 수 있다고 여겼다.

그러나 한정훈은 로한 마르티네스에게 첫 안타와 첫 실점만 빼앗은 게 아니었다. 8구까지 승부를 끌고 가며 로한 마르티네스를 지치게 만들었다.

"지금까지 몇 개나 던졌지?"

"93구입니다."

"벌써? 확실히 계산한 거야?"

"3번에게 8개를 던졌고 4번에게 5개를 던졌으니까요. 다 더하면 93구 맞습니다."

"그렇다면 6회에만 21개를 던졌단 소리인데……."

레이 포인트가 기록지를 살폈다. 11개의 탈삼진을 잡는 과정에서 로한 마르티네스는 많은 공을 건졌다. 하지만 단 한 번도 이닝당 20개 이상을 넘기진 않았다. 볼넷을 내준 2회와 4회에서 17개를 던진 게 최고였다.

"지난번 일본전 때 말이야. 실점하기 직전 이닝에 공을 몇 개나 던졌지?"

"그걸 제가 어떻게 압니까?"

"경기 기록 꼼꼼히 정리하고 있는 거 알고 있으니까 빨리 찾아보라고."

"젠장, 잠시만요. 아, 여기 있네요. 4회 말이죠? 볼넷을 2개 내주고 삼진을 3개나 잡았네요."

"경기 기록 말고 투구수."

"22개요."

"22구라. 그렇다면 불안한데……."

레이 포인트의 시선이 로한 마르티네스에게 향했다. 로한 마르티네스는 아무렇지도 않게 힘차게 연습 투구를 하고 있었다.

하지만 100구를 코앞에 둔 시점에서 직전 이닝에 20구를 넘게 던졌다는 게 마음에 걸렸다.

그런 레이 포인트의 우려는 현실이 됐다.

"볼!"

선두 타자로 나선 5번 타자 김주현에게 스트레이트 볼넷을 내주더니 6번 타자 최필립에게도 몸 쪽 승부를 고집하다 사구를 허용했다.

로한 마르티네스의 투구수가 100구를 넘어서자 호세 빅토르 감독은 쓸쓸한 얼굴로 더그아웃을 나섰다. 로한 마르티네스의 자존심을 모르는 바 아니지만 그렇다고 경기가 뒤집히도록 놔둘 수는 없었다.

로한 마르티네스에 이어 마운드에 오른 디아즈 아렐은 호세 빅토르 감독의 기대를 저버리지 않았다.

7번 타자 구재신과 8번 타자 박지승을 연속 삼진으로 돌려세운 뒤 9번 타자 민병호를 투수 앞 땅볼로 유도하며 무사 1, 2루의 위기를 끝냈다.

그러자 박찬오 감독도 곧바로 불펜을 가동했다. 7회까지 고군분투한 김진태를 대신해 좌완 정우남을 투입해 쿠바의 중심 타선을 상대하게 했다.

정우남은 3번 타자 에릭 몬카다와 4번 타자 막살로 알베스에게 연속 안타를 허용하고 실점 위기를 자초했다.

그러나 특유의 핀 포인트 제구를 앞세워 6번 타자 루이스 얀데를 삼진으로 돌려세운 데 이어 7번 타자 마르쿠스 디아즈를 유격수 앞 땅볼로 유도하며 이닝을 끝마쳤다.

"한국도 제법인데?"

"그러게 말이야. 무사 1, 3루였는데 실점 없이 잘 넘겼어."

"이게 다 53번의 홈런 덕분이야. 계속해서 짓눌려 있었는데 그 한 방으로 분위기가 확 달라졌다고."

"덩달아 로한 마르티네스도 강판됐잖아."

"난 이번 이닝 기대가 돼. 본래 위기 다음에 기회가 찾아오는 법이니까."

"53번 앞에 테이블 세터가 밥상을 차린다면 또 모르지."

메이저리그 스카우터들의 시선이 홈플레이트 쪽으로 모여들었다. 한정훈과 강승혁의 마지막 타석이 될지도 모르는 이번 이닝에서 점수를 뽑아내지 못한다면 오늘 경기를 뒤집을 수가 없었다.

타석에 선 1번 타자 최주찬도 이를 악물었다.

'더 이상 쪽팔릴 순 없어.'

오늘 경기 성적은 3타수 무안타, 삼진 하나.

한국 대표팀의 공격의 첨병이라는 말이 무색할 정도였다.

최주찬은 방망이를 단단히 움켜쥐고 홈플레이트에 바짝 붙어 섰다. 그리고 디아즈 아렐의 초구가 바깥쪽으로 날아들자 곧바로 몸을 낮추고 방망이를 쭉 밀어냈다.

딱.

숨이 죽은 타구가 정확하게 마운드 옆쪽으로 굴렀다.

"젠장!"

투구 후 오른쪽으로 몸이 기우는 습관이 있던 디아즈 아렐은 코앞을 지나는 타구를 보고도 미처 몸을 틀지 못했다.

1루수 막살로 알베스가 뒤늦게 달려 나와 공을 잡았지만 그때는 이미 최주찬의 발이 1루를 통과한 뒤였다.

"어떻게 할까?"

"일단 2루로 보내놓는 게 좋겠습니다."

"정훈이를 걸러도 승혁이라 이거지?"

"주현이도 컨디션이 좋으니까요."

"좋아, 그렇게 하자."

최인섭과 논의를 마친 박찬오 감독은 곧바로 번트 사인을 냈다. 캐나다로 넘어온 이후로 타격감이 뚝 떨어지긴 했지만 강진호의 작전 수행 능력은 대표팀 타자들 중 최고였다.

사인을 확인한 강진호는 단단히 고개를 끄덕였다. 그리고 유인구로 들어오는 초구와 2구를 지켜본 뒤 스트라이크를 잡기 위해 들어온 몸 쪽 포심 패스트볼을 정확하게 3루 방면으로 굴려 희생번트를 성공시켰다.

1사 2루 상황에서 한정훈이 타석에 들어서자 이번에는 쿠바 벤치가 바빠졌다.

"어떻게 할까요?"

"거르는 게 좋지 않을까?"

"거르면 그다음은 강승혁입니다."

"만약에 강승혁까지 거른다면?"

"그렇게 되면 1사 만루가 되는데 아렐은 못 버틸 겁니다. 차라리 데스파도를 올리죠."

"데스파도를?"

"이르긴 하지만 위기 상황이니까요. 데스파도라면 한정훈을 잡아낼 수 있을 겁니다."

쿠바 벤치는 흔들리는 디아즈 아렐을 대신해 마무리 투수 알프레도 데스파도를 다급히 호출했다.

"그렇지 않아도 저 녀석과 한번 붙어보고 싶었는데 잘됐네요."

알프레도 데스파도는 로한 마르티네스에게 홈런을 때려낸 한정훈에게 복수라도 하듯 초구부터 152㎞/h의 빠른 공을 얼굴 쪽에 붙여 넣었다.

하지만 한정훈은 흔들리지 않았다. 알프레도 데스파도가 홈플레이트 바깥쪽을 공략하기 위해 일부러 위협구를 던졌다는 사실을 눈치챈 것이다.

알프레도 데스파도의 주 구종은 최고 구속 157㎞/h까지 나오는 빠른 포심 패스트볼이다. 그리고 포심 패스트볼 못지않게 자주 던지는 세컨드 피치가 바로 커터였다.

커터를 주무기로 삼는 투수가 좌타자를 상대하는 방법은 크게 두 가지였다.

몸 쪽으로 바짝 붙여 범타를 유도하거나 백도어성으로 던져 바깥쪽 스트라이크존을 공략하는 것.

메이저리그를 주름잡는 최정상급 커터볼러라면 몸 쪽 승부를 즐기겠지만 알프레도 데스파도는 긴 팔을 이용해 바깥쪽을 공략하는 데 장점을 가지고 있었다.

'물러서면 안 돼.'

크게 숨을 들이켠 뒤 한정훈은 다시 홈플레이트 쪽에 붙어 섰다. 그러자 포수 페드로 로아스가 다시 몸 쪽 깊은 코스의 공을 요구했다.

하지만 알프레도 데스파도는 고개를 저었다. 등 뒤에 동점 주자를 놔두고 더 이상 볼카운트를 낭비할 수는 없다고 여겼다.

한참의 조율 끝에 알프레도 데스파도가 선택한 건 바깥쪽 체인지업. 좌타자를 상대로는 거의 던지지 않는 구종이지만 형편없는 커브를 던지는 것보다는 낫다고 판단했다.

"후우……."

눈으로 최주찬을 견제한 뒤 알프레도 데스파도가 빠르게 투구판을 박차고 나왔다.

후앗!

알프레도 데스파도의 손끝을 빠져나간 공이 바깥쪽 높게 날아들었다. 그러고는 마지막 순간에 뚝 하고 가라앉아 스트라이크존을 통과해 버렸다.

"스트라이크!"

구심이 가볍게 오른팔을 들어 올렸다. 한정훈의 눈에는 다소 멀게 느껴졌지만 페드로 로아스의 미트는 확실히 스트라이크존 가장자리에 걸쳐 있었다.

'체인지업은 버리고 있었는데…….'

한정훈의 입가를 타고 쓴웃음이 번졌다. 바깥쪽으로 빠져나가는 체인지업이라 방망이를 멈춰 세웠는데 공이 슬금슬금 안으로 말려들어 오더니 뒷문을 타고 기어코 스트라이크존 가장자리에 걸쳐 들어와 버렸다.

하지만 그렇다고 손해만 본 건 아니었다.

'커터가 저런 식으로 들어온다면…….'

한정훈은 앞선 타석 때보다 바깥쪽을 넓게 봤다. 횡으로 꺾이는 커터라면 체인지업보다 더 바깥쪽을 파고들 터. 그 공에 당하지 않으려면 미리 대비하는 수밖에 없었다.

그런 줄도 모르고 페드로 로아스는 3구째 바깥쪽 커터 사인을 냈다.

알프레도 데스파도도 가볍게 고개를 끄덕였다. 2구째 체인지업을 보고 미동조차 하지 않은 한정훈이 몸 쪽 공을 노리고 있다고 생각한 것이다.

후앗!

알프레도 데스파도의 손끝을 빠져나온 공이 2구보다 더 빠지듯 날아들었다. 누가 보더라도 볼처럼 보였지만 한정훈은 망설이지 않고 방망이를 내돌렸다. 그리고 마지막 순간에 팔을 쭉 뻗어 꺾여 들어오는 공을 때려냈다.

따악!

스위트 스폿 윗부분에 걸린 타구가 낮게 떠올라서는 유격수 아퀼로 산체스의 키를 살짝 넘겼다. 아퀼로 산체스가 점프 캐치를 시도했지만 제대로 타이밍을 맞추지 못했다.

내야를 빠져나간 타구가 좌중간으로 데굴데굴 굴러가는 사이 최주찬은 날랜 발을 뽐내며 3루를 돌아 홈을 훔쳤다. 그렇게 쿠바의 한 점 차 리드가 끝이 났다.

"괜찮아, 신경 쓰지 마라. 점수는 뽑으면 되니까."

호세 빅토르 감독은 마운드를 방문해 알프레도 데스파도를 달랬다. 하지만 한 점 차 리드를 날려 버린 알프레도 데스파도는 좀처럼 평정심을 되찾지 못했다.

뒤이어 타석에 들어 선 강승혁은 그 틈을 놓치지 않았다. 투 볼에서 몸 쪽을 파고드는 153㎞/h짜리 포심 패스트볼을 잡아당겨 그대로 1, 2루 간을 꿰뚫어버렸다.

딱! 하는 파열음과 함께 스타트를 끊은 한정훈은 2루를 돌이 3루로 내달렸다. 3루를 노릴 만한 타구는 아니지만 우익수 에릭 몬카다가 어깨는 좋지만 송구가 부정확하다는 게 머릿속에 떠올랐다.

"저 자식이!"

한정훈의 움직임을 파악한 에릭 몬카다가 곧장 3루를 향해 공을 던졌다. 하지만 지나치게 힘이 실린 송구는 3루수 마르쿠스 디아즈의 키를 넘겨 버렸다. 그 틈을 놓치지 않고 한정훈이 3루에 들어가면서 1사 1, 3루의 역전 기회가 만들어졌다.

"나는 믿을 거야. 주현이 믿을 거야."

최인섭은 두 손을 꼭 모았다. 김주현이라면 외야 쪽에 큼지막한 플라이 하나를 때려내 줄 것 같았다.

김주현도 초구와 2구를 지켜본 뒤 노리던 바깥쪽 빠른 공이 날아들자 망설이지 않고 방망이를 내돌렸다.

따악!

요란한 파열음과 함께 타구가 높이 치솟았다. 뒤이어 우익수 에릭 몬카다가 슬금슬금 앞으로 내려왔다.

에릭 몬카다의 어깨를 생각하면 뛰기 어려운 상황이었다. 주자가 최주찬이라면 또 모르겠지만 한정훈의 주력으로는 홈에서 아웃 될 가능성이 더 높았다.

하지만 한정훈은 망설이지 않고 태그 업을 준비했다.

"정훈아, 죽어도 좋으니까 죽기 살기로 달려라. 알았지?"

김명원 3루 코치도 이 기회를 놓쳐서는 안 된다며 한정훈에게 힘을 실어주었다.

탁!

높이 치솟았던 공이 비행을 끝내고 에릭 몬카다의 글러브 속으로 빨려 들어갔다. 그 순간, 한정훈도 홈을 향해 스타트를 끊었다.

"어딜!"

한정훈이 겁도 없이 홈을 노리자 에릭 몬카다는 또다시 흥분했다. 방향만 맞춰도 걸음이 느린 한정훈을 충분히 잡아낼 수 있는 거리였지만 완벽한 보살을 노리듯 포수를 향해 힘껏 공을 내던졌다.

"뛰어! 뛰어!"

"정훈아! 뛰어어어!"

에릭 몬카다의 송구가 총알처럼 날아들자 청소년 대표팀 선수들이 악을 내질렀다.

한정훈도 이를 악물고 발을 놀렸다. 포수 페드로 로아스가 일찌감치 포구 자세를 잡았지만 신경 쓰지 않았다. 모든 타구가 안타가 되는 게 아니듯 송구 플레이 역시 변수가 많았다.

그렇게 달리고 달려 저만치 홈플레이트가 보이자 한정훈은 슈퍼맨처럼 몸을 날렸다.

좌라라락!

뒤늦게 가속이 붙은 육중한 체구가 3루 파울라인을 지우며 홈으로 미끄러졌다. 그러자 페드로 로아스도 기다렸다는 듯이 태그 자세를 취했다.

타이밍상으로는 명백한 아웃이었다. 한정훈은 에릭 몬카다의 송구가 다시 한번 빗나가길 바랐지만 에릭 몬카다는 두 번 실수하지 않았다.

그러나 이번에는 페드로 로아스가 실수를 범했다. 길목을 먼저 선점한 것도 좋았고 빠른 송구를 빠뜨리지 않고 제대로 잡아낸 것까지도 좋았지만 밀고 들어오는 한정훈의 힘을 미처 계산하지 못한 것이다.

"윽!"

한 손으로 한정훈의 어깨를 내리찍던 페드로 로아스의 입에서 비명이 터져 나왔다. 힘에서 밀리면서 손목이 비틀려 버린 것이다. 그사이 미트에 반쯤 걸쳐 있었던 공이 툭 하고 바닥으로 떨어졌다.

"아웃!"

처음 공을 발견하지 못한 구심은 단호하게 주먹을 내돌렸다.

하지만 그것도 잠시.

"볼! 볼!"

최필립이 옆으로 구르는 공을 가리키자 구심이 재빨리 양팔을 벌렸다.

"세이프!"

그렇게 청소년 대표팀은 8회 초, 경기를 뒤집었다.

"잘했다! 정말 잘했어!"

"크으으! 이 자식!"

서재훈과 최인섭은 더그아웃 입구까지 나와 한정훈을 반겼다. 선수들도 소리를 내지르며 손바닥을 내밀었다.

"후우……."

동료들과 격한 하이파이브를 나눈 뒤 한정훈은 벤치에 앉아 숨을 돌렸다.

솔직히 프로 경기였다면 주루 코치로부터 잔소리를 들을 법한 플레이였다. 어깨가 좋은 에릭 몬카다가 대여섯 걸음 내려와서 공을 잡았으니 기적을 바라고 뛰는 것보다는 다음 타자를 믿고 기다리는 게 현명한 결정이었다.

하지만 더 이상 기회가 없을지도 모른다고 판단한 한정훈은 무리해서 뛰었다. 그리고 그 욕심스러운 플레이가 운 좋게 역전으로 이어졌다.

누군가 건네준 수건으로 땀을 닦으며 한정훈이 슬쩍 홈플레이트 쪽을 바라봤다.

아쉬운 플레이로 경기가 뒤집혀서일까. 페드로 로이스는 포수석 근처를 서성이고 있었다.

만약 페드로 로아스가 정석대로 자세를 낮추고 오른손으로 미트 끝을 꽉 움켜쥐었다면 공이 빠지는 불상사는 일어나지 않았을 것이다. 그랬다면 한정훈은 절호의 득점 기회를 날려 버린 역적이 됐을지도 몰랐다.

'고맙다, 쿠바 포수.'

한정훈의 입가를 타고 쓴웃음이 번졌다.

그 순간.

"고맙다, 정훈아."

바로 옆에서 김진태의 목소리가 들려왔다.

"우리 사이에 뭘요."

"아냐, 인마. 진짜 고마워. 너 아니었음 끝나고 숙소에서 울었을지도 몰라."

최정환을 대신해 선발로 나선 김진태는 기대 이상의 피칭을 선보였다.

7이닝 동안 무려 108개의 공을 던지며 쿠바의 강타선을 2실점으로 막아냈다. 결정구인 슬라이더도 좋았지만 그보다 피해가지 않는 피칭이 돋보였다.

하지만 마운드를 내려온 이후 김진태는 웃지 못했다. 결승 진출을 위해서는 꼭 잡아야 하는 쿠바에게 끌려가고 있으니 잘 던지고도 마음이 편치 않았다.

이대로 경기가 끝나 버리면 모든 비난이 자신에게 향할 것만 같았다. 자신을 믿고 쿠바전 선발로 내세워 준 박찬오 감독과 서재훈에게도 폐를 끼치게 될 것 같았다.

무엇보다 최정환이 아니라서 졌다는 뒷말들이 나도는 게

제일 두려웠다. 최정환을 따라잡기 위해 이를 악물었는데 이번 한 경기로 모든 노력이 물거품이 될까 봐 겁이 났다.

그런데 한정훈이 나서면서 모든 게 달라졌다. 6회 추격의 홈런포를 시작으로 8회 동점 적시타에 역전 득점까지. 정말 한정훈이 아니었다면 오늘 경기가 두고두고 후회로 남을 뻔했다.

"진짜 고맙다. 정훈아, 진짜야."

"그냥 운이 좋았던 거예요. 그리고 그렇게 따지면 제가 더 고맙죠."

"······?"

"형이 두 점으로 틀어막아 준 덕분에 제가 결승 득점했잖아요."

"짜식, 누구 말처럼 말도 예쁘게 하네. 정훈아, 진짜 넌 잘될 거다. 진심이야. 넌 정말 잘될 거야."

김진태가 씩 웃으며 한정훈을 꼭 끌어안았다. 남자한테 안긴다는 게 썩 내키진 않았지만 한정훈도 분위기상 가만히 김진태의 마음을 받아주었다.

"그런데 너 괜찮아? 어디 다친 데 없고?"

"괜찮아요. 어깨가 좀 뻐근하긴 하지만 경기하는 데는 문제없어요."

"그래도 혹시 모르니까 절대 무리하지 마. 너 없으면 우리 우승 못 한다."

김진태가 감독이라도 되는 것처럼 신신당부를 했다. 자신이 등판할 가능성이 높은 결승전을 위해서라도 한정훈은 절대 아프지 말아야 했다.

"괜찮다니까요."

한정훈은 대수롭지 않게 웃어넘겼다. 프로 시절에는 이보다 더한 불편함도 참고 살았다. 솔직히 가벼운 타박상은 아픈 축에도 들지 못했다.

하지만 쿠바를 상대로 3 대 2 신승을 거두자 박찬오 감독은 미국전 선발 명단에서 한정훈을 빼버렸다.

"왜 하필 미국전이야. 그럼 누가 점수 내라고."

서재훈이 불만스럽게 투덜거렸다. 그러면서 최인섭에게 눈짓으로 지원 사격을 요청했다.

그러나 최인섭도 이번만큼은 박찬오 감독의 결정을 군말 없이 받아들였다.

"찬오 형 말이 맞아. 정훈이는 아직 어리다고. 한참을 더 커야 하는데 벌써부터 골병들게 만들 수는 없어."

"야, 그 정도 타박상으로는 안 죽거든?"

"물론 죽지야 않지. 하지만 앞으로 로한 마르티네스급 투수들을 상대해야 하는데 괜히 내보냈다가 탈이라도 나면 그땐 누가 책임지는데?"

"까놓고 말해서 다나카 슈헤이나 제이크 카메론은 로한 마르티네스보다 반 수 정도 아래거든?"

"그럼 됐네. 게다가 내일 선발은 제이크 카메론도 아니잖아. 그런데 뭐가 문제야. 안 그래?"

한국과 쿠바의 경기가 끝난 직후 미국은 에이스 제이크 카메론을 대만전에 출전시켰다. 휴식일을 고려했을 때 한국전으로 등판을 미룰 경우 결승전 투입이 어렵다고 판단한 것이다.

덕분에 한국은 2선발인 알버트 우든을 만나게 됐다. 하지만 서재훈은 그 정도로 안심해서는 안 된다며 목소리를 높였다.

"경기 모르는 거야. 솔직히 진태가 오늘 이렇게 잘 던질 줄 누가 알았냐? 안 그래?"

"진태가 들으면 엄청 서운해하겠네."

"서운해하더라도 냉정할 땐 냉정해야지!"

"그래서? 기어코 정훈이를 선발로 출전시키자고?"

"못 뛸 정도는 아니잖아."

"정훈이 없었으면 쿠바전 졌어. 그러면 그 불똥 우리한테 튀었다고. 알아?"

"젠장, 그럼 좋아. 선발이 정 어렵다면 승부처에서 무조건 투입한다고 약속해. 그럼 나도 양보할 테니까."

"오케이, 좋아. 3회 이후로 승부처다 싶으면 무조건 정훈이 쓴다. 됐지?"

"너 나중에 딴말하지 마라."

서재훈은 3회가 지나면 곧바로 한정훈의 출전을 요청할 생각이었다. 비록 2선발이라고는 하지만 알버트 우든은 투구 스타일이 까다로웠다. 게다가 제구가 좋은 만큼 대표팀 타자들이 적응하는 데 애를 먹을 가능성이 높았다.

'3번이 지명이니까 잘하면 4회부터는 정훈이를 보겠어.'

서재훈은 4회가 되면 최인섭이 먼저 한정훈 카드를 꺼낼지도 모른다고 여겼다. 하지만 대표팀 타자들이 알버트 우든을 상대로 1회부터 점수를 뽑아내면서 한정훈 카드는 잠시 잊혀져 버렸다.

선두 타자 최주찬이 알버트 우든의 초구를 받아쳐 2루타를 때려냈다. 단타성 타구였지만 중계 플레이가 느슨해 보이자 곧바로 2루까지 훔쳐냈다.

이어진 1사 3루 상황에서 한정훈을 대신해 3번 지명 타순에 출전한 양승민은 좌익수 쪽에 큼지막한 타구를 쳐 내 3루 주자 최주찬을 홈으로 불러들이며 손쉽게 선취점을 올렸다.

첫 타점의 기회를 놓친 강승혁은 아쉬움을 달래듯 펜스를 직격하는 장타를 날려 2루를 밟았다.

뒤이어 타석에 들어선 김주현도 쿠바전의 기세를 살리듯 1, 2루 간을 꿰뚫는 적시타를 만들어내며 스코어를 2 대 0으로 바꿔놓았다.

초반부터 분위기를 타자 추가점도 금세 나왔다. 3회 초 1사 1루에서 타석에 들어선 최주찬은 또다시 알버트 우든의 초구를 잡아당겨 이번 대회 첫 번째 홈런포를 신고했다.

4회 초에는 선두 타자로 나선 강승혁이 알렉스 우든을 강판시키는 솔로 홈런을 터뜨리며 한정훈과 함께 홈런 레이스 공동 1위로 뛰어올랐다.

"이래도 정훈이가 필요해?"

"뭐 이렇게만 간다면야……."

점수가 5 대 0까지 벌어지자 서재훈도 마음을 놓았다. 에이스 최정환이 미국의 강타선을 상대로 퍼펙트 피칭을 이어가는 만큼 5점의 리드도 충분히 커 보였다.

하지만 5회 말 수비 때 잘 던지던 최정환이 투수 직선타를 맞고 쓰러지면서 경기 흐름이 틀어졌다.

"정환이 괜찮겠어?"

"본인은 괜찮다는데 아무래도 손목 부위를 맞은 거 같아요."

"큰일이군. 아직 몸 푸는 투수도 없는데."

"일단 석훈이부터 올리고 버텨봐야죠."

박찬오 감독은 서재훈의 조언을 받아들여 조석훈을 호출했다. 양현민은 일본전 선발이고 김진태와 김강희는 휴식이 필요한 상황이었다. 불펜 자원이라고는 3명뿐이고 그마저도 쿠바전에 전부 투입했으니 긴 이닝을 소화해 줄 수 있는 건 선발 자원으로 뽑힌 조석훈밖에 없었다.

"아직 5회가 끝나지 않았으니까……."

조석훈도 내심 승리 투수를 욕심냈다. 최정환이 승리 투수 요건을 채우지 못했으니 적당히만 던져도 자신이 스포트라이트를 받을 수 있을 거라 기대했다.

그러나 미처 몸이 풀리지 않은 조석훈을 상대로 미국 대표팀 타자들이 5연속 안타를 때려내며 투수 교체는 실패로 끝이 났다.

뒤늦게 정신을 차린 조석훈이 장기인 포크볼을 앞세워 남은 두 개의 아웃카운트를 잡아냈지만 스코어는 이미 5 대 7로 뒤집힌 상태였다.

"이봐, 지미. 자네라면 결승전 상대로 누굴 꼽겠나?"

"저라면 한국입니다. 제이크가 결승전에 나서면 한국이 훨씬 수월할 테니까요."

"그럼 오늘 경기를 이대로 내줘야 하나?"

"아무리 그래도 스포츠 정신에 위배되는 짓을 할 수는 없죠."

"그렇지? 어쩔 수 없이 최선을 다해야겠지?"

"한국이 조금 더 쉬울 뿐이지 일본도 별반 다를 게 없습니다. 그렇다면 둘이 치열하게 싸우게 만드는 게 더 낫죠."

"좋아. 그럼 가서 오스틴을 부르라고."

브루스 아렌 미국 대표팀 감독이 선발 투수 알버트 우든을 내리고 오스틴 루이스를 투입했다. 그러자 서재훈도 최인섭을 바라봤다.

"정훈이를 쓰자."

"지금?"

"경기 뒤집혔잖아. 더 끌려가기 전에 분위기 바꿔야지!"

"아무리 그래도 승혁이 타순에서 정훈이를 쓰는 건 오버라고."

"젠장, 하필 승혁이였어?"

"호들갑 떨지 말고 기다려 봐. 우리도 한 번쯤은 찬스가 올 테니까."

최인섭이 애써 서재훈을 달랬다. 투수 파트를 총괄하는 서재훈의 심정을 모르는 바는 아니지만 지금은 때가 아니었다. 한정훈을 쓰려면 확실한 순간에 제대로 써야 했다.

야구는 흐름의 스포츠였다. 일방적인 것 같던 경기도 흐름 한 번에 뒤집힐 수 있었다.

최인섭은 경기가 끝나기 전 한 번쯤은 한국에 다시 기회가 찾아올 것이라고 굳게 믿었다. 그리고 그 기회를 위해 한정훈을 아껴두기로 마음먹었다.

물론 6회와 7회가 연거푸 삼자범퇴로 끝났을 땐 최인섭의 눈빛도 흔들렸다. 서재훈의 말처럼 한 점이라도 더 따라붙기 위해 한정훈을 써야 하나 진지하게 고민할 정도였다.

하지만 8회 말, 선두타자 최주찬이 바뀐 투수 말콤 앤더스의 3구를 받아쳐 안타를 치고 나가자 최인섭은 보란 듯이 턱을 들어 올렸다.

"봤지? 내가 뭐랬어?"

"조금 전까지 계속 굳어 있었으면서 큰 소리는."

"어쨌든 조금만 기다려. 이제 곧 정훈이가 나가서 하나 해 줄 테니까."

"그런데 진호를 빼려고?"

"그게 낫지 않아?"

"아무리 진호가 부진해도 수비에서 해준 게 얼마인데. 그리고 정훈이가 꼭 장타를 칠 거라는 보장은 없잖아."

"흠……. 일단 기다려 봐. 찬오 형한테 물어보고 올게."

최인섭은 냉큼 박찬오 감독의 의견을 구했다.

"일단 주찬이를 2루로 보내놓는 게 좋겠어."

박찬오 감독도 서재훈과 같은 생각을 했다.

"진호가 번트는 잘 대니까."

최인섭은 고민 끝에 한정훈의 출전을 잠시 보류했다. 대신 타석에 나가려는 강진호를 불러 힘껏 어깨를 두드려 주었다.

"다들 대타 쓰자고 했는데 내가 말렸다. 너라면 뭘 해도 할 거라고 말이야. 그러니까 부담 갖지 말고 플레이해라. 알았지?"

"네, 코치님."

혹시나 교체가 될까 마음을 졸였던 강진호가 마음을 단단히 먹고 타석에 들어섰다. 그러고는 번트 자세를 취하다 강공으로 전환하며 미국 내야진을 혼란스럽게 만들었다.

"뭐야? 설마 강공인 거야?"

"그다음이 3번 타순인데 설마 그럴 리가요."

"그럼 페이크라고?"

"공이 스트라이크존으로 들어오면 한번 때려볼 생각이었던 모양입니다."

지미 랜드 수석 코치는 강진호의 페이크 번트 앤드 슬러시 시도를 대수롭지 않게 넘겼다. 번트를 댈 수밖에 없는 상황에서 내야수들을 흔들기 위한 기만행위쯤으로 해석했다.

그러나 마운드 위에 선 말콤 앤더스의 생각은 달랐다.

'강공으로 전환할지도 모르니까 까다롭게 던져야겠어.'

말콤 앤더스는 2구째 바깥쪽으로 흘러 나가는 슬라이더를 던진 뒤 3구를 몸 쪽으로 빠르게 붙여 넣으며 강진호의 방망이를 끌어내려 애썼다.

하지만 강진호는 쉽게 방망이를 내밀지 않았다. 타격감이 떨어지긴 했지만 박찬오 감독이 극찬하던 선구 능력은 여전했다.

오히려 타이밍이 맞지 않으니 완벽한 공이 아니면 치지 않으려고 노력했다.

그 결과.

"볼!"

말콤 앤더스에게서 볼넷을 얻어냈다.

"좋았어."

무사에 주자가 두 명이나 나가자 3번 타자 양승민이 기다렸다는 듯이 타석으로 걸어 들어갔다. 설마하니 경기를 뒤집을 절호의 기회를 앞두고 자신을 교체하지는 않을 거라 여겼다.

박찬오 감독과 최인섭도 안타가 있고 희생 플라이로 타점까지 올린 양승민을 바꿔야 할지 고심했다.

하지만 서재훈은 초지일관 한정훈을 주장했다.

"바꿔요. 지금이 딱 정훈이를 쓸 차례라고요."

박찬오 감독이 잠시 고심하는 사이 미국 벤치가 먼저 움직였다. 말콤 앤더스를 내리고 마무리 투수 리키 존스에게 공을 넘긴 것이다.

그러자 박찬오 감독도 더는 망설이지 않고 대타를 요청했다.

잠시 후.

전광판에 박혀 있던 양승민의 이름이 사라지고 한정훈이라는 이름 석 자가 떠올랐다.

"53번이 나왔어."

"뭐야? 지난 경기 부상 때문에 결장한다고 하지 않았어?"

"심각한 부상은 아니었나 보지."

"그렇지 않아도 보고 싶었는데 잘됐네."

메이저리그 스카우터들은 한정훈의 등장을 반겼다. 경기도 팽팽했지만 한국 대표팀의 비밀 병기 한정훈을 다시 한번 체크할 수 있다는 사실에 다들 눈을 반짝거렸다.

반면 근처에 앉은 미국 기자들은 표정이 굳어졌다.

"왠지 불안한데."

"그러게. 53번이 안 나와서 다행이다 싶었는데 하필 이 타이밍에 나올 줄은 몰랐어."

"젠장! 뭐가 불안하다는 거야? 리키 존스는 좌타자 킬러라고. 몰라?"

"알지. 알지만……."

"그럼 입 닥치고 경기나 보라고. 리키 존스의 별명이 왜 좌타자 사냥꾼인지 알게 될 테니까."

누군가의 말처럼 미국 대표팀의 마무리 투수 리키 존스는 좌타자에게 상당히 강했다. 좌타자 상대 피안타율은 고작 0.130 피장타율도 0.250밖에 되지 않았다.

리키 존스를 좌완 킬러로도 모자라 좌타자 사냥꾼, 심지어 좌타자 학살자로 불리게 만든 건 다름 아닌 슬라이더. 흡사 랜디 제이슨을 연상시키는 고속 슬라이더 앞에 대부분의 좌타자들은 지레 겁을 먹고 꼬리를 내리기 일쑤였다.

퍼엉!

한정훈도 초구, 날아든 고속 슬라이더에 자신도 모르게 고개를 돌렸다. 하지만 정작 공은 마지막 순간에 날카롭게 꺾이며 몸 쪽 스트라이크존 가장 높은 곳을 통과해 버렸다.

"로한 마르티네스를 상대로 홈런을 쳤다고 해서 기대했는데, 겁쟁이잖아?"

공을 돌려받으며 리키 존스가 씩 웃었다. 그러고는 또다시 몸 쪽으로 슬라이더를 찔러 넣었다.

후앗!

투구판 오른쪽 끝을 밟은 채 긴 팔을 쓰리 쿼터 스타일로 내돌리는 리키 존스의 공은 보통의 좌투수보다 훨씬 멀리서 날아왔다. 그 공이 9미터쯤 가까워지면 왠지 얼굴로 날아들 것 같은 기분이 들었다.

그 불안감 때문에 대부분의 좌타자들은 먼저 몸을 뺐다. 정말로 얼굴에 빈볼을 얻어맞고 생사의 기로에 서는 것보다 한 타석 포기하는 게 낫기 때문이었다.

프로 시절 적잖은 투수들을 상대해 왔던 한정훈도 리키 존스의 공은 겁이 났다. 제대로 된 타구를 만들어내려면 일단 공을 정확하게 지켜봐야 하는데 빠른 공이 얼굴 쪽으로 날아드니 버티기가 쉽지 않았다.

하지만 한정훈은 초구처럼 일찍 고개를 돌리지 않았다. 입술을 질근 깨물고 공의 궤적을 최대한 지켜봤다. 그러면서 공이 꺾여 들어오는 지점을 두 눈으로 확인했다.

한정훈이 지켜본다는 걸 안 것일까.

펑!

2구는 초구보다 공 2개 정도 깊숙이 빠져나갔다.

구심의 판정은 당연히 볼.

"젠장. 그게 왜 볼이에요?"

리키 존스가 팔을 들어 어필했지만 구심은 꿈쩍도 하지 않았다.

한정훈도 2구의 궤적은 머릿속에서 지워 버렸다. 대신 피하느라 미처 확인하지 못한 초구의 무브먼트만 체크했다.

리키 존스의 슬라이더는 상하의 움직임보다 좌우의 휘어짐이 주를 이루었다. 중력의 법칙을 거스를 수 없으니 공이 떨어지는 건 어쩔 수 없지만 그 변화가 좌투수의 일반적인 슬라이더에 비해 크지 않았다. 대신 모든 에너지가 횡적인 변화에 집중된 듯한 느낌이 들었다.

'어떻게 할까.'

타석에서 한 발 물러서며 한정훈은 생각을 정리했다. 낯선 궤적을 그리는 슬라이더를 통타해서 장타를 때려낼 확률은 솔직히 낮았다.

사실 이런 류의 슬라이더는 프로에서도 흔히 보기 어려웠다. 프로 시절 경험을 바탕으로 투수들과의 싸움에서 유리한 고지를 점하고 있긴 하지만 리키 존스는 껄끄럽게 느껴졌다.

하지만 그렇다고 해서 홈플레이트에 바짝 붙어 서는 차선책을 선택하고 싶진 않았다.

'랜디 제이슨의 슬라이더는 이보다 빠르고 날카로웠다지.'

메이저리그를 평정한 빅 유닛, 랜디 제이슨의 슬라이더는 속칭 마구였다. 큰 키에 부메랑처럼 휘어져 들어오는 공은 좌타자들에게 재앙과 다름없었다.

그런 랜디 제이슨의 슬라이더를 기준으로 보자면 리키 제이슨의 슬라이더는 별것 아니었다.

'칠 수 있다. 칠 수 있어.'

한정훈은 애써 마음을 다잡고 타석에 들어섰다. 그리고 3구째 바깥쪽으로 흘러 나가는 포심 패스트볼을 걸러낸 뒤 4구째 다시 몸 쪽을 파고드는 슬라이더를 향해 잽싸게 방망이를 내돌렸다.

따악!

묵직한 파열음과 함께 새하얀 공이 우익수 쪽으로 날카롭게 뻗어나갔다. 하지만 생각보다 일찍 방망이에 걸린 공은 마지막 순간에 오른쪽 외야 관중석으로 넘어가 버렸다.

"젠장, 너무 빨랐나?"

한정훈이 아쉬움을 삼키며 방망이를 고쳐 쥐었다. 다시 한 번 몸 쪽 슬라이더가 들어온다면 이번에는 제대로 맞혀낼 수 있을 것 같았다.

하지만 파울 홈런에 겁을 집어먹은 리키 존스는 몸 쪽으로 슬라이더를 던지는 걸 포기했다. 대신 포수 칼 디오토의 요구대로 포심 패스트볼 그립을 고쳐 쥐었다.

후앗!

리키 존스의 손끝을 빠져나온 공이 머리 뒤쪽을 지나 바깥쪽으로 빠져나갔다.

볼카운트에 여유가 있다면 하나쯤 지켜볼 만한 공이었다. 하지만 투 스트라이크에 몰린 한정훈은 그럴 여유가 없었다.

'욕심내지 말고 정확하게.'

몸 쪽 슬라이더에 맞춰 테이크 백에 들어갔던 한정훈이 빠르게 방망이를 내돌렸다.

따악!

예상대로 방망이 끝부분을 타고 울림이 전해졌다. 그러나 한정훈은 당황하지 않고 마지막 순간까지 방망이를 내돌렸다. 마무리 스윙에 따라 타구의 질은 얼마든지 달라질 수 있다는 걸 프로 말년에 깨우쳤기 때문이다.

"떴어!"

먹힌 듯한 타구 소리가 울리자 리키 존스가 하늘 높이 손가락을 들어올렸다. 스위트 스폿을 빗나갔으니 평범한 플라이가 될 것이라고 여겼다.

좌익수 캐릭 타일러도 느긋하게 공을 쫓았다. 타구가 점점 뻗어왔지만 넘어갈 거란 생각은 추호도 하지 않았다. 그저 사방이 열린 구장의 특성상 바람을 탄 것뿐이라고 여겼다.

그러나 십여 미터를 뒷걸음질 쳤는데도 공은 떨어질 생각을 하지 않았다. 다급히 십여 미터를 더 쫓아가 봤지만 마찬가지였다.

'젠장, 이러다 놓치겠어!'

캐릭 타일러는 공을 포기하고 일단 펜스까지 전력으로 내달렸다. 먼저 낙구 지점에 도착한 다음에 공을 기다리는 게 낫다고 판단했다.

하지만 10여 미터를 더 뻗어온 타구는 워닝 트랙을 코앞에 두고서야 고꾸라지기 시작했다. 그리고 펜스를 딛고 뛰어 오른 캐릭 타일러의 글러브 끝을 스친 뒤 어딘가로 사라져 버렸다.

─와우! 와우! 와우우! 넘어갔습니다. 쓰리런 홈런! 한국의

53번이 또다시 대형 사고를 쳤습니다!

　─이건 정말 놀라운 결과네요. 분명 방망이 끝부분에 공이 걸렸는데요.

　─타이밍이 맞지 않았던 공을 툭 쳐서 담장 밖으로 밀어내 버렸습니다.

　─어떻게 된 일인지 다시 한번 봐야 할 것 같은데요.

　─바깥쪽으로 공이 들어왔고 맞추듯이 방망이를 내돌렸습니다. 여기까지는 특별한 게 없는데요.

　─아아, 완벽한 팔로우 스루네요. 저렇게 되면 임팩트 순간에 정확하게 체중이 실리게 되죠.

　─보면 볼수록 기가 막히네요. 저런 피니시 동작이 아마추어 레벨에서 가능한 걸까요?

　─경기 전에 53번을 힘이 좋은 타자라고 말했는데 정정해야 할 것 같습니다. 53번은 힘뿐만 아니라 기술까지 갖췄습니다. 코치가 누구인지 꼭 한 번 초빙하고 싶을 정도네요.

　중계 카메라가 뒤늦게 그라운드를 비췄다. 한정훈은 히죽 웃으며 3루를 돌아 홈을 밟았다. 그리고 강승혁과 격렬한 하이파이브를 나누었다.

　"짜식, 밥상 다 쓸어놓고 지금 웃음이 나오냐?"

　"나도 이게 넘어갈 줄은 몰랐어요."

"암튼 딱 기다려. 나도 금방 하나 칠 테니까."

한정훈의 홈런에 자극을 받은 강승혁은 장담한 대로 반쯤 넋이 나간 리키 존스의 포심 패스트볼을 잡아당겨 오른쪽 담장 밖으로 넘겨 버렸다.

그렇게 경기는 대한민국 청소년 대표팀의 짜릿한 역전승으로 끝이 났다.

11장
53번

1

[청소년 야구 대표팀, 미국 9 대 7로 꺾고 결승 진출!]
[U-18 야구 월드컵 9년만의 결승 진출, 우승이 보인다!]

한국 언론의 반응은 떠들썩했다. 매년 입으로 우승을 노리
던 청소년 대표팀이 대회 최강국 미국을 꺾고 결승에 올랐으
니 이제는 정말 우승도 가능하다는 분위기였다.

"일본전과 상관없이 무조건 올라가는 거 맞지?"

"일본한테 패배해도 2라운드만 놓고 승자승을 따지니까 미
국이 떨어지게 돼 있어."

"가만. 1라운드 성적까지 더하면 똑같이 4승 1패인데 그래

도 상관없는 거야?"

"1라운드 결과는 2라운드 기본 성적에 반영이 됐으니까 2라운드 경기 결과를 우선으로 두나 보더라고."

"뭐가 이렇게 복잡해?"

"야구 월드컵이라 해도 대회마다 룰이 전부 다르니까. TQB(팀 밸런스 공식)도 일단 승자승 다음이고."

"그럼 일본은 죽기 살기로 하겠네."

"그렇겠지. 어쨌든 패배하면 끝이니까."

한국 언론의 예상대로 일본 청소년 대표팀의 분위기는 심각했다. 내심 지난 일본 대회처럼 한국이 3, 4위전으로 밀리길 바랐는데 미국을 꺾으면서 계획이 꼬여 버린 것이다.

"흠……. 솔직히 미국이 질 줄은 몰랐는데."

"한국의 에이스가 잘 던졌습니다. 5회에 교체되지 않았다면 일방적으로 이겼을지도 모릅니다."

"이렇게 되면 길은 하나뿐인가?"

"네, 무조건 이겨야 합니다."

"승산은?"

"선발 싸움에서는 우리가 앞서고 있습니다. 한국은 3선발이지만 우린 에이스를 내세울 수 있으니까요."

"대신 우리는 타격이 시원치 않잖아."

"그래서 53번을 철저하게 거를 생각입니다."

"53번을? 10번이 아니고?"

"등번호에 현혹되면 안 됩니다. 10번도 잘하지만 한국 공격의 핵심은 53번입니다. 53번만 철저하게 마크하면 한국의 득점을 최소로 묶을 수 있습니다."

"좋아, 그렇게 하자고. 자존심을 떠나 승리가 먼저니까."

일본 대표팀의 결정은 곧바로 다나카 슈헤이에게 전달됐다.

"53번을 거르란 말입니까?"

"대놓고 경원(敬遠)할 필욘 없어. 여차하면 맞혀도 상관없고."

"그럼 4번 타자 앞에 계속 주자가 나갈 텐데요?"

"그 정도쯤은 문제없잖아. 안 그래?"

"후우……. 알겠습니다. 최선을 다하겠습니다."

다나카 슈헤이는 대표팀의 결정이 마음에 들지 않았다. 상황에 따라 거르라는 것도 아니고 무조건 경원하라는 건 솔직히 자존심이 상했다.

게다가 실익도 떨어졌다. 3번 타순에 주로 배치되는 53번을 거르면 그다음은 10번이다. 개인 성적은 53번보다 떨어진다고 하지만 미국전에서만 2개의 홈런포를 때려낼 만큼 힘이 좋은 타자였다.

하지만 다나카 슈헤이는 대표팀의 결정에 감히 토를 달지 못했다. 오타니 쇼헤이 같은 재능을 갖췄다면 또 모르겠지만 일본 협회의 관리를 받아야 하는 입장에서는 시키는 대로 따를 수밖에 없었다.

물론 다나카 슈헤이도 대놓고 한정훈을 거르진 않았다.

"윽!"

첫 타석에서는 몸 쪽 깊숙이 슬라이더를 찔러 넣어 한정훈의 엉덩이를 맞혔다. 손에서 빠졌다고 하기 어려울 정도로 궤적을 벗어난 공이었지만 다나카 슈헤이는 멋쩍게 웃으며 사고라고 둘러댔다.

"일부러 맞힌 거 같은데."

한정훈도 쓰게 웃고는 넘어갔다. 고의라 해도 덜 아픈 곳에 맞았고 덕분에 1사 1, 3루 상황이 됐으니 손해 볼 건 없다고 여겼다.

"승혁이 형이라면 한 점 뽑아주겠지."

한정훈이 기대 어린 눈으로 강승혁을 바라봤다. 평소보다 굳은 얼굴로 타석에 들어선 강승혁은 원 스트라이크 원 볼 상황에서 다나카 슈헤이의 슬라이더가 높게 날아들자 망설이지 않고 방망이를 내돌렸다.

따악!

우익수 쪽으로 높게 치솟은 타구가 펜스 근처까지 날아갔다. 평소보다 깊숙이 수비하고 있던 우익수 콘도 다이키가 전력을 다해 공을 낚아채며 희생 플라이로 끝이 나긴 했지만 4번 타자 강승혁의 장타력을 보여주기에 충분한 한 방이었다.

'조심해야겠어.'

다나카 슈헤이는 장타를 피하기 위해 평소보다 낮게 공을 던졌다.

다행히도 다른 타자들은 상대하기가 수월했다. 148㎞/h의 포심 패스트볼을 시작으로 137㎞/h의 슬라이더와 142㎞/h의 싱커가 같은 궤적에서 날아드니 좀처럼 타이밍을 맞추지 못했다.

하지만 단 두 명만은 예외였다.

따악!

첫 타석에서 유격수 오른쪽 내야안타를 만들어낸 최주찬은 두 번째 타석에서도 바깥쪽으로 도망치는 슬라이더를 밀어쳐 2루수 키를 살짝 넘기는 타구를 만들어냈다.

포심 패스트볼 타이밍에 방망이를 내돌렸지만 공이 빠져나가자 망설이지 않고 오른손을 툭 놓으며 요령껏 공을 걷어냈다.

"젠장할."

행운의 안타로 최주찬이 출루하자 다나카 슈헤이의 눈매가 일그러졌다.

1사 1루. 여기서 2번 타자 강진호를 더블 플레이로 잡아내지 못한다면 1회의 실점 상황이 반복될 가능성이 높았다.

"기필코 잡는다."

다나카 슈헤이는 철저하게 바깥쪽 유인구로 강진호를 유혹했다. 그러나 강진호도 쉽게 속지 않았다. 눈을 부릅뜨고 공을 걸러낸 뒤 풀카운트까지 끌고 간 다음에야 삼진으로 물러났다.

"후우……."

힘겹게 두 번째 아웃카운트를 잡아낸 다나카 슈헤이가 벤치 쪽을 바라봤다. 2사 이후인 만큼 어쩌면 벤치에서 승부를 하라는 사인이 나올지도 모른다고 기대했다.

하지만 벤치의 주문은 한결같았다.

걸러라.

"빌어먹을."

다나카 슈헤이는 입술을 질근 깨물었다. 그리고 포수 호시오 카이세이의 요구대로 바깥쪽으로 공을 빼냈다.

일본 벤치의 속내를 읽은 한정훈도 굳이 방망이를 내돌리지 않았다. 묵묵히 4개의 공을 지켜본 뒤에 최주찬을 밀어내고 1루로 걸어 나갔다.

"심심하지?"

조진철 코치가 주루 플레이용 장갑을 건네며 말을 걸었다.

"조금 허무하긴 한데 괜찮아요."

"이해해라. 네가 잘해서 견제하는 거니까."

"저보단 승혁이 형이 걱정이에요."

한정훈이 홈플레이트 쪽으로 고개를 돌렸다. 아니나 다를까. 강승혁의 표정은 첫 번째 타석 때보다 더 굳어져 있었다.

'승혁이 형 엄청 열받았나 보네.'

한정훈이 황금사자기에 이어 봉황기까지 휩쓸자 몇몇 학교에서 한정훈을 거르는 작전을 썼다.

하지만 결과는 좋지 않았다. 한정훈을 대신해 자신을 선택했다는 사실에 자존심이 상한 강승혁이 분노의 방망이를 휘둘렀기 때문이다.

'스플리터에만 속지 않는다면 큰 거 하나 나올 것 같은데.'

한정훈은 이번에야말로 강승혁이 뭔가 보여줄지도 모른다고 기대했다.

하지만 지나치게 열을 올린 강승혁은 몸 쪽으로 떨어지는 스플리터를 헛쳐 삼진으로 물러나고 말았다.

"후우……"

강승혁이라는 큰 산을 넘은 다나카 슈헤이가 길게 숨을 골랐다.

"오늘따라 왜 이렇게 답답하게 하는 거야?"

1사 1, 2루 기회가 무산되자 선발 양현민이 쓴웃음을 흘렸다. 벌써 두 번이나 중심 타선 앞에서 밥상이 차려졌는데도 겨우 1득점에 그치고 있으니 왠지 모르게 기운이 빠졌다.

"아니야. 정신 차리자, 양현민."

양현민은 애써 마음을 다잡았다. 그러나 노림수가 좋은 일본 타자들은 양현민의 동요를 놓치지 않았다.

따악!

투 스트라이크 원 볼에서 9번 타자 이노 켄지가 양현민의 몸 쪽 포심 패스트볼을 잡아당겨 3유간을 꿰뚫었다. 수비 범위가 넓은 최주찬이 잰걸음으로 달려가 몸을 날려봤지만 지면에 낮게 깔린 타구는 그대로 좌익수 앞으로 굴러갔다.

뒤이어 타석에 들어선 1번 타자 나카타 요이토는 초구에 기습 번트를 시도했다. 1사 이후라 번트는 없을 거라 판단한 내야수들은 제때 대응하지 못했다. 그사이 타자 주자 나카타 요이토가 1루를 밟으며 1사 주자 1, 2루의 위기가 찾아왔다.

"여기서 점수를 내주면 안 돼!"

양현민은 이를 악물고 2번 타자 콘도 다이키를 잡아냈다. 포심 패스트볼 구속을 155km/h까지 끌어올리며 청소년 대표팀 최고의 좌완 파이어볼러라는 사실을 입증했다.

하지만 3번 타자 카데카 쇼타에게 무리하게 몸 쪽 승부를 걸다 볼넷을 허용하며 2사 만루를 자초했다.

"기필코 친다!"

4번 타자 코마야 쇼우는 양현민의 초구가 몸 쪽을 파고들자 망설이지 않고 방망이를 내돌렸다. 그리고 펜스를 직격하는 타구로 루상에 있던 모든 주자를 홈으로 불러들였다.

–코마야 쇼우! 중요한 순간에 한 방을 터뜨립니다.
–이번 대회에서 홈런이 2개밖에 없었는데요. 어쩌면 한국 배터리는 그 점을 노리고 몸 쪽 승부를 걸었는지도 모르겠습니다.

코마야 쇼우의 싹쓸이 2루타로 점수는 순식간에 3 대 1로 뒤집혔다. 다행히 추가 실점은 막아냈지만 한국 쪽으로 기울 듯 보였던 경기 분위기는 어느새 일본 대표팀 쪽으로 넘어가 버렸다.

"아직 경기 초반이니까 다들 힘내자. 알았지?"

3회 말이 끝나고 전 박찬오 감독은 야수들을 불러 독려했다. 앞선 두 경기를 모두 뒤집은 청소년 대표팀의 저력이라면 두 점 차이는 충분히 따라잡을 수 있다고 여겼다.

"집중하자. 집중!"

"유인구에 속지 말자."

"아자 아자!"

야수들도 손을 모으고 파이팅을 외쳤다. 하지만 꼬여 버린 경기는 생각처럼 쉽게 풀리지 않았다.

4회 초 공격은 삼자범퇴로 끝났다. 5회 초 공격 땐 선두타자 박지승이 볼넷을 골라 나갔지만 후속 타자들이 범타로 물러나고 말았다.

6회 초 한정훈의 볼넷과 강승혁의 안타를 묶어 무사 1, 2루 기회를 잡자 박찬오 감독은 타격감이 좋지 않은 김주현을 대신해 양승민을 대타로 내세웠다. 좌타자에 장타력이 있는 양승민이라면 큰 것 한 방 때려줄 수 있을 거라 기대한 것이다.

양승민도 의욕적으로 방망이를 내돌렸다. 하지만 불리한 볼카운트에서 다나카 슈헤이의 스플리터에 속아 병살타를 치며 애써 잡은 기회를 날려 버렸다.

타자들이 추격에 실패하자 양현민은 다시 흔들렸다. 6회 말 아웃카운트 하나 잡지 못하고 연속 3안타를 허용하며 한 점을 더 내줬다.

"자꾸 다나카 슈헤이의 유인구에 속고 있잖아. 투 스트라이크 이후까지는 낮은 공을 건드리지 마. 알았어?"

무기력한 타선에 화가 난 최인섭은 선수들을 불러놓아 따끔하게 질책했다. 그러면서 공을 끝까지 지켜볼 것을 주문했다. 타자들이 조급함이 다나카 슈헤이의 호투를 돕고 있다고 판단한 것이다.

하지만 다나카 슈헤이—호시노 카이세이 배터리는 영리하게 볼 배합을 바꿔 대표팀 타자들을 상대했다. 그렇게 7회 초 공격도 삼자범퇴로 끝이 났다.

"감독님, 더 이상 실점은 위험합니다. 투수를 바꾸는 게 좋겠어요."

서재훈의 조언을 들은 박찬오 감독은 선발 양현민을 내리고 송창신을 호출했다. 5회부터 몸을 풀고 있던 송창신은 일본의 하위 타선을 깔끔하게 틀어막고 반전의 계기를 마련했다.

반면 일본 대표팀은 다나카 슈헤이를 다시 마운드에 올렸다. 다나카 슈헤이의 투구수가 80구를 넘겼지만 한 이닝 정도는 충분히 막을 수 있다고 판단했다.

그러나 지친 다나카 슈헤이를 믿고 맡기기에는 타순이 좋지 않았다.

따악!

1번 타자 최주찬은 살짝 몰린 다나카 슈헤이의 초구를 잡아당겨 좌익수 앞에 안타를 만들어냈다. 그것으로도 모자라 곧바로 2루 도루를 성공시키며 청소년 대표팀 더그아웃을 끓어오르게 만들었다.

2번 타자 강진호도 자신만의 방법으로 테이블 세터로서의 역할을 충실히 수행했다. 연달아 번트 자세를 취하며 다나카 슈헤이를 괴롭힌 뒤 끝내 볼넷을 얻어낸 것이다.

그렇게 마지막일지도 모를 한국의 득점 기회가 만들어졌

다. 그리고 운명의 장난처럼 타석에 한정훈이 들어왔다.

"어떻게 할까요?"

다카이 에이지 코치가 조심스럽게 입을 열었다. 두 명의 주자를 내보내는 사이 다나카 슈헤이의 투구수는 90구를 바라보고 있었다.

"자네 생각은?"

가토 요시타카 감독이 다카이 에이지 코치에게 되물었다.

"저라면…… 승부하겠습니다."

잠시 뜸을 들이던 다카이 에이지 코치가 이내 결연한 목소리로 말했다.

"이유는?"

"앞선 세 타석 동안 53번은 다나카의 공을 제대로 보지 못했습니다. 어쩌면 이번 타석도 편히 나갈 수 있다고 생각할지도 모르죠."

"집중력이 떨어졌을 가능성이 높다는 건가?"

"제 생각은 그렇습니다. 게다가 이번 기회를 꼭 살려야 한다는 부담이 클 테니까요."

"흠……. 좋아. 자네 말대로 한번 부딪쳐 보자고."

가토 요시타카 감독은 재빨리 승부하라는 사인을 냈다. 그 주문이 포수를 통해 다나카 슈헤이에게 전해졌다.

"하, 이제 와서?"

다나카 슈헤이는 그저 헛웃음이 났다. 슬슬 악력이 떨어지는 시점에서 고작 한다는 말이 53번과 승부하라니. 솔직히 전혀 달갑지 않았다.

한국의 53번의 활약상은 다나카 슈헤이도 잘 알고 있었다. 한국이 쿠바를 잡고 미국을 꺾는 데 가장 큰 공을 세운 타자. 그래서 다나카 슈헤이도 내심 53번과 한번 제대로 맞붙고 싶었다.

하지만 이런 식은 아니었다. 체력적으로 한계에 도달한 상황에서 두 명의 주자를 놔두고 53번과 싸우라는 건 너무나도 불공정했다.

'승부치기도 아니고…….'

질근 입술을 깨물던 다나카 슈헤이가 고개를 돌려 전광판을 바라봤다.

스코어 4 대 1.

이대로 경기가 끝나면 일본은 한국과 함께 결승에 오를 수 있었다. 그러기 위해서라도 에이스로서 어떻게든 이 위기를 막아야만 했다.

"후우……."

다나카 슈헤이가 길게 숨을 골랐다. 그리고 마운드 위로 호시오 카이세이를 불렀다.

"왜 그래? 어디 아파?"

"그런 거 아냐."

"후우……. 다행이다. 지금 불펜에 투수도 없어, 네가 막아 줘야 한다고."

"알고 있으니까 잔소리 그만하고 볼 배합을 바꾸자."

"벌써?"

"저 녀석, 한국에서 제일 잘 친다는 녀석이잖아. 승부해야 한다면 최고의 결과를 만들어야지."

"최고의 결과라면 병살?"

"그래, 저 녀석을 땅볼로 잡을 거야. 그러기 위해선 이걸 던 져야 해."

다나카 슈헤이가 오른손으로 공을 걸쳐 끼워 보였다.

포크볼.

아직 미완성의 구종이지만 한정훈을 상대로 이기려면 이 공밖에 없을 것 같았다.

"좋아, 던져. 내가 어떻게든 잡아볼 테니까."

"너만 믿는다, 카이세이."

"걱정 말라고."

포수석으로 돌아간 호시오 카이세이는 초구부터 포크볼 사 인을 냈다. 한정훈이 어떤 공을 노릴지도 모르는데 포크볼을 아낄 때가 아니라고 판단했다.

다나카 슈헤이는 기다렸다는 듯이 고개를 끄덕였다. 그리

고 눈으로 2루 주자를 한 번 견제한 뒤 이를 악물고 공을 내던
졌다.

후앗!

다나카 슈헤이의 손끝을 빠져나간 공이 다소 높게 몸 쪽으
로 날아들었다.

'볼이다.'

한정훈은 파워 포지션에서 방망이를 멈춰 세웠다. 하지만
공은 중간에 한 번 휘청거리더니 홈플레이트 앞쪽에서 뚝 하
고 떨어져 내렸다.

'포크볼!'

뒤늦게 구종을 파악한 한정훈이 입가를 들어올렸다. 무사
1, 2루에 중심 타자를 상대해야 하는 압박감이 상당할 텐데 단
한 번도 보여주지 않았던 공으로 스트라이크를 잡는 다나카
슈헤이의 배짱이 놀랍기만 했다.

'위기 상황을 즐길 줄 아는 투수라더니 정말인가 본데?'

처음 전략 분석팀의 자료를 받았을 때 한정훈은 속으로 코
웃음을 쳤다. 투수치고 위기 상황을 즐기는 선수는 거의 없었
다. 모든 투수가 위기를 만들지 않으려고 몸부림을 치는 이유
도 위기 상황이 싫기 때문이었다.

하지만 겁도 없이 날아든 초구를 보니 다나카 슈헤이가 왜
일본 대표팀의 에이스인지 알 것 같았다.

'2구는 뭐가 들어올까?'

다시 타석에 들어서며 한정훈이 방망이를 단단히 움켜쥐었다.

초구에 포크볼을 보여줬으니 정석대로라면 2구째는 다른 구종이 들어올 가능성이 높았다. 포심 패스트볼로 바깥쪽을 찔러 들어온다면 타이밍을 잡기가 쉽지 않을 것 같았다.

그러나 다나카 슈헤이는 이번에도 몸 쪽으로 포크볼을 붙여 넣었다.

테이크 백에 들어갔던 한정훈은 다시 한번 방망이를 멈춰 세웠다. 초구와는 달리 벨트 높이로 날아드는 만큼 스트라이크존을 통과하지 못할 거라 여겼다.

그리고 그 예상은 정확하게 맞아떨어졌다.

퍼억!

호시오 카이세이가 오른팔을 쭉 내밀어 공을 받쳐 들어봤지만 구심은 단호하게 볼을 외쳤다.

'2구째 곧바로 유인구라. 그만큼 포크볼에 자신이 있다는 소리인가?'

타석에서 한 발 물러나며 한정훈은 생각을 정리했다. 수 싸움의 우위를 점하기 위해서가 아니라 결정구로 포크볼을 꺼내든 것이라면 계속해서 포크볼이 날아들 가능성도 배제할 수 없었다.

'일단 벨트 높이 위쪽의 공은 전부 걷어내자.'

길게 숨을 고른 뒤 한정훈은 다시 타석에 들어섰다. 다나카 슈헤이가 던지는 포크볼의 낙차를 감안했을 때 2구처럼 밸트선 밑으로 날아드는 공은 전부 볼이 될 수밖에 없었다.

하지만 다나카 슈헤이는 한정훈이 확실한 기준으로 스트라이크와 볼을 구분할 거라는 생각을 하지 못했다.

'땅볼, 땅볼을 유도해야 해.'

다나카 슈헤이는 3구와 4구를 연속해서 몸 쪽 낮게 붙여 넣었다. 그러다 볼카운트가 원 스트라이크 쓰리 볼로 몰리자 질근 입술을 깨물었다.

'이걸 안 속다니.'

포수 호시오 카이세이도 혀를 내둘렀다. 평소 세 개 중 한 개는 빠진다는 다나카 슈헤이의 포크볼이 연속해서 완벽하게 날아들었다. 그만큼 다나카 슈헤이는 고도의 집중력을 발휘해 공을 던지고 있었다.

하지만 정작 한정훈은 아무렇지도 않게 공을 골라내는 느낌이었다.

'설마 슈헤이의 포크볼이 보이는 건가? 아니야. 그럴 리 없어. 그래. 벤치. 벤치에서 기다리라는 사인이 나온 게 분명해.'

호시오 카이세이는 괜히 한국 대표팀 벤치를 의심했다. 그러나 박찬오 감독을 비롯해 그 누구도 한정훈에게 별도의 사인을 내진 않았다.

시키지 않아도 알아서 잘 치는 타자.
팀이 무엇을 원하는지 누구보다 잘 아는 타자.
필요한 순간에 결과를 만들어내는 타자.

청룡기가 끝난 뒤 우승 기념 인터뷰에서 김운태 감독은 한정훈에 대한 극찬을 늘어놓았다. 지금껏 수많은 아마추어 선수를 가르쳐 봤지만 한정훈처럼 재능 있는 선수는 보지 못했다며 혀를 내둘렀다.

처음에는 김운태 감독의 지나친 제자 사랑 정도로 여겼던 청소년 대표팀 코칭스태프도 예선을 지나 쿠바와 미국을 상대하면서 김운태 감독의 판단에 전적으로 고개를 끄덕였다.

그만큼 한정훈은 격이 다른 타자였다. 적어도 현 고교 레벨에서 한정훈에 비견될 만한 타자는 없다고 해도 과언이 아니었다.

물론 박찬오 감독과 최인섭도 초조하긴 했다. 하지만 그건 어디까지나 한정훈을 거를지도 모른다는 불안감 때문이었다.

'거르면 안 돼.'

'그냥 승부해 주면 안 되겠니?'

박찬오 감독과 최인섭의 뜨거운 시선이 다나카 슈헤이에게 향했다. 그 간절함이 통한 것일까. 포심 패스트볼을 하나 보여주자는 호시오 카이세이의 요구에 다나카 슈헤이가 단호하게 고개를 가로저었다.

'고집 부리지 마, 슈헤이. 이러다 맞을 수도 있어.'

'반대로 생각해. 어쩌면 저 녀석은 포심을 노리고 있을지도 모른다고.'

'그래서 포크볼을 스트라이크존에 집어넣겠다고?'

'그래, 날 믿어. 반드시 스트라이크를 던질 테니까.'

부지런히 손가락을 움직이며 다나카 슈헤이를 설득하던 호시오 카이세이가 무겁게 한숨을 내쉬었다. 그러고는 어쩔 수 없다며 바깥쪽으로 흘러 나가는 포크볼을 요구했다.

살짝 미간을 찌푸리던 다나카 슈헤이도 이내 고개를 끄덕였다. 한정훈이 정말 포심을 노리는 거라면 바깥쪽 포크볼에 반응하진 않을 것 같았다.

"후우……."

길게 숨을 고른 뒤 다나카 슈헤이가 힘차게 투구판을 박차고 나갔다.

후앗!

다나카 슈헤이의 손가락 사이를 빠져나온 공이 바깥쪽으로 높게 날아들더니 마지막 순간에 뚝 떨어져 스트라이크존을 통과했다.

충분히 칠 만한 공이었지만 한정훈은 방망이를 내밀지 않았다. 느낌상 이 공을 흘려보낸다면 다시 한번 몸 쪽으로 포크볼이 날아들 것만 같았다.

'자, 와라!'

한정훈이 단단히 방망이를 들어올렸다.

그 순간.

후앗!

다나카 슈헤이의 공이 몸 쪽 높게 날아들었다.

'포크볼!'

구종을 파악한 한정훈은 망설이지 않고 타격에 들어갔다.

무브먼트가 좋은 포크볼을 방망이 중심에 맞힌다는 건 프로 레벨의 타자들에게도 쉽지 않은 일이었다.

하지만 그렇다고 해서 포크볼이 공략 불가능한 마구는 아니었다.

수많은 타자가 포크볼에 맥없이 헛스윙을 해댔지만 또 적지 않은 이가 포크볼을 걸어 올려 담장 밖으로 날려 버렸다.

한정훈도 퓨처스 리그에서 포크볼을 상대로 고전하던 시기가 있었다. 횡적인 변화구는 곧잘 때려내면서도 종으로 빠르게 떨어지는 변화구에 맥을 못 춘다는 사실이 알려지면서 투수들은 한정훈을 만나기만 하면 스플리터 계열의 공을 주구장창 던져 댔다.

그중에서도 무브먼트가 심한 포크볼은 한정훈에게 쥐약과 같았다.

하지만 한정훈은 다른 타자들처럼 포크볼의 궤적을 쫓아다니지 않았다. 그래 봐야 좋은 타구가 나오지 않는다는 걸 경험으로 알고 있었다.

대신 포크볼의 움직임을 최대한 파악한 뒤 타격 존 안으로 들어오면 방망이를 힘껏 휘둘렀다. 그렇게 자신감이 붙자 1할에도 못 미치던 포크볼 공략률이 3할 근처까지 치솟았다.

'칠 수 있다.'

한정훈은 그 시절의 교훈대로 공을 끝까지 지켜봤다. 그리고 요동치는 공이 기어코 타격 존 안에 들어오자 단호하게 방망이를 내돌렸다.

따악!

날카로운 타격음이 경기장에 울려 퍼졌다.

그 순간.

"넘어갔다아아!"

최인섭이 두 팔을 들어올리며 악을 내질렀다.

"뭐? 넘어갔어?"

최인섭의 말을 믿지 못하고 끝까지 타구를 지켜보던 서재훈도 이내 입이 찢어져라 웃음을 터뜨렸다.

-한! 하안! 하아아아안! 한이 또다시 엄청난 짓을 저질러 버렸습니다!

　-와우, 정말 대단합니다. 타구가 전광판 상단에 꽂혔네요.

　-다나카 슈헤이, 연달아 스플리터를 던지며 한을 몰아붙였지만 결국 한의 괴력을 이겨내지 못했습니다.

　-이번 공도 무브먼트가 상당했는데요. 한은 마치 기다렸다는 듯이 몸 쪽 스플리터를 받아쳤습니다.

　CBS 중계진은 몇 번이고 한정훈의 홈런 장면을 돌려봤다. 그러느라 다나카 슈헤이가 강판됐다는 사실을 이닝이 끝난 다음에야 알아챘다.

　일본 대표팀은 뒤늦게 불펜 투수 테리오 니오카를 올려 진화에 나섰다. 테리오 니오카는 강승혁을 중견수 플라이로 유도한 뒤 양승민을 대신해 대수비로 들어온 안시원을 삼진으로 잡아내고 이닝을 끝마쳤다.

　이후 한국과 일본은 필승조를 총동원해 추가 실점을 막아냈다. 하지만 서로 결승점을 얻지 못하면서 경기는 승부치기로 들어갔다.

　"정훈이부터 시작하자."

　박찬오 감독은 수순처럼 1번 타자 최주찬과 2번 타자 강진호를 루상에 내보낸 뒤 3번 한정훈을 타석에 세웠다. 설사 일본 대표팀이 한정훈을 거르더라도 무사 만루에서 강승혁을 넘지는 못할 거라 여겼다.

박찬오 감독의 예상대로 일본 대표팀은 한정훈을 거르고 루상을 가득 채웠다.

그리고.

따악!

강승혁에게 큼지막한 2루타를 얻어맞고 순식간에 3점을 내줬다.

이후 한 점을 더 보탠 한국 대표팀은 10회 말 일본의 공격을 2실점으로 틀어막고 승리를 챙겼다.

최종 스코어 8 대 6.

지난 대회 콜드게임 패배의 아픔을 깨끗이 되갚아준 한 판이었다.

2

[미국, 캐나다 완패! 9번째 우승 정조준!]
[미국, 캐나다 꺾고 결승 진출! 대회 4연패 노린다!]

결승을 앞두고 미국의 최대 관심사는 복수가 아니었다.

대회 4연패.

오직 쿠바만이 이뤄낸 18세 이하 야구 월드컵 4연패 달성 여부에 촉각을 곤두세웠다.

분위기는 좋았다. 한국은 슈퍼 라운드에서 미국 타자들을 상대로 수준급 피칭을 선보였던 에이스 최정환이 빠진 반면 미국은 에이스 제이크 카메론이 나흘을 푹 쉬고 대기 중이었다.

미국을 응원하는 야구팬들은 한 목소리로 일방적인 경기가 될 거라고 전망했다.

　ㄴ한국은 로한 마르티네스한테도 쩔쩔맸다고. 제이크의 공은 건드리지도 못할걸?

　ㄴ그건 로한 마르티네스가 100mile/h(≒160.9㎞/h)의 포심 패스트볼을 던져서잖아.

　ㄴ구속은 로한 마르티네스가 한 수 위일지도 모르지. 하지만 야구는 구속으로 하는 게 아냐. 제이크의 커브는 클레이튼 커쇼우를 연상시킨다고.

　ㄴ맞아, 제이크의 커브는 최고야. 그런 공을 고작 아마추어 레벨의 대회에서 선보여야 한다는 게 안타까울 지경이라고.

　ㄴ한국의 53번은 어때? 이번 대회 홈런왕을 노리고 있는데.

　ㄴ53번은 애송이야. 운 좋게 홈런을 때려내고 있긴 하지만 제이크의 적수는 되지 못한다고.

└이봐, 너희들 한국의 경기는 보고 말하는 거야?

└한국이 슈퍼 라운드에서 미국을 운 좋게 이긴 걸 가지고 떠드나 본데 그런 기적은 두 번 일어나지 않는다고.

└그때도 53번이 홈런을 쳤던 걸로 기억하는데.

└자꾸 53번 53번 하는데 입 다물고 지켜보라고. 제이크가 그 애송이 녀석을 어떻게 요리하는지 말이야.

미국 대표팀의 에이스 제이크 카메론은 이번 대회 최고의 투수 중 한 명이었다. 최고 구속 96mile/h($\fallingdotseq$154.5㎞/h)의 묵직한 포심 패스트볼에 수준급 체인지업, 거기에 20-80 스케일에서 60점을 받은 커브까지 갖춰 전력이 약한 팀에서 하위 선발로 뛰어도 손색이 없다는 평가를 받고 있었다.

일각에서는 제이크 카메론을 100mile/h($\fallingdotseq$160.9㎞/h)의 빠른 공을 던지는 로한 마르티네스와 동급으로 취급하기도 했다.

그러나 둘 중 한 명을 고른다는 전제하에서는 메이크업이 좋은 제이크 카메론을 선호하는 경우가 많았다. 큰 경기에 믿고 내보낼 만한 강심장을 갖췄다는 것이다.

제이크 카메론도 언론과의 인터뷰에서 한국전 승리를 자신했다.

"나는 한국의 타자들을 잘 모릅니다. 딱히 눈에 들어오는 타자도 없고요. 물론 한국 타자들도 나를 잘 모를지 모르죠.

하지만 결승전이 끝나면 아마 다들 나를 기억할 겁니다. 위력적인 커브볼러라고 말이죠."

제이크 카메론의 호언장담대로 청소년 대표팀 타자들은 경기 초반 고전을 면치 못했다. 포심 패스트볼과 거의 유사한 궤적을 그리는 체인지업을 신경 쓰기에도 벅찬데 허를 찌르듯 커브마저 날아드니 좀처럼 타이밍을 잡지 못했다.

한정훈도 첫 타석에서 제이크 카메론의 커브에 속아 헛스윙 삼진으로 물러났다. 초구와 2구, 연속해서 몸 쪽 포심 패스트볼을 보여준 뒤에 체인지업으로 시선을 잡아끌고 4구째 홈 플레이트 앞쪽에서 뚝 떨어지는 커브를 던지니 자신도 모르게 방망이가 끌려 나가 버렸다.

4회 초 두 번째 타석 때도 한정훈은 제이크 카메론의 커브에 고전했다. 초구 스트라이크에 이어 3구와 4구, 연거푸 커브가 들어오니 수 싸움에서 밀려 버렸다.

─높게 뜬 타구가 중견수 데이빗 앤더에게 잡힙니다. 한, 첫 타석에 이어 이번에도 제이크 카메론을 공략하는 데 실패하고 맙니다.

─제이크 카메론이 영리한 피칭을 했습니다. 포심 패스트볼을 던져야 하는 순간에 커브를 던져서 한의 타이밍을 빼앗았어요.

―그만큼 커브에 자신이 있다는 말일 텐데요.

―후반에 접어들기 전에 저 커브를 공략해 내지 못한다면 오늘 경기, 한국이 힘들어질지도 모르겠습니다.

제이크 카메론은 위력적인 커브를 앞세워 5회까지 1피안타 무실점으로 한국 타선을 틀어막았다. 그리고 5회 말, 미국 타자들이 김진태를 상대로 2점을 뽑아내며 0 대 0의 균형이 깨졌다.

"7회까지만 잘 막으면 돼."

브루스 아렌 감독은 승부처를 7회로 꼽았다. 6회를 삼자범퇴로 틀어막으면 7회에 한국의 중심 타선을 상대하게 될 테니 그 고비만 넘기면 어렵지 않게 우승을 차지할 거라 여겼다.

그러나 정작 제이크 카메론은 6회에 위기를 맞았다. 2사 이후 최주찬과 강진호의 연속 안타가 나오면서 처음으로 스코어링 포지션에 주자를 내보내고만 것이다.

하지만 제이크 카메론은 크게 동요하지 않았다.

"어차피 저 녀석만 잡아내면 되는 거잖아. 안 그래?"

타석에 들어온 한정훈을 처리하고 이닝을 끝내겠다며 여유를 부렸다.

"제이크가 이 위기를 막아낼 수 있을까?"

"막아내겠지. 지금까지 잘 던져 왔잖아."

"오늘 경기 첫 위기라고. 게다가 한의 타석이야."

"한도 어쩔 수 없을걸? 두 타석 모두 별로였잖아."

"그건 한을 모르고 하는 소리야. 한이 얼마나 끈질긴데?"

"맞아, 로한 마르티네스의 포심 패스트볼을 끝내 따라잡는 걸 보고 소름이 돋았지."

"다나카 슈헤이의 포크볼은 어떻고?"

"아무리 그래도 오늘은 힘들어. 오늘 제이크의 커브는 최고라니까?"

"누가 이길지는 지켜보면 알겠지. 하지만 만약 내기를 한다면 난 한에게 걸겠어."

"나는 제이크. 참고로 내 전 재산을 걸 수도 있어."

"하하. 너 이혼하고 집에서 쫓겨났잖아. 설마 그 고물 자동차를 내놓겠다는 건 아니지?"

"시, 시끄러워! 어쨌든 제이크가 막아낼 거야. 두고 봐!"

관중석에서 경기를 지켜보던 메이저리그 스카우터들의 반응은 엇갈렸다. 한정훈이 뭔가 해낼 거란 의견과 제이크 카메론이 위기를 넘길 거란 의견이 비등했다.

"레이는 어느 쪽이에요?"

주변을 쓱 둘러보던 레드삭스의 신참 스카우터 존 하비가 레이 포인트의 팔꿈치를 툭 쳤다. 그러자 레이 포인트가 반사적으로 미간을 찌푸렸다.

"뭐 하는 거야?"

"아, 미안요. 팔꿈치가 성감대인 줄은 몰랐어요."

"그 시덥잖은 개그는 누구한테 배운 거야?"

"쳇, 별로 재미없었어요?"

"그럴 땐 그냥 정중히 사과하고 넘어가라고. 괜히 뭐라도 되는 척 까불지 말고."

"넵."

존 하비가 냉큼 입을 다물었다. 다른 사람도 아니고 머잖아 스카우터를 총괄하는 자리에 올라갈 레이 포인트에게 밉보이고 싶진 않았다.

하지만 레이 포인트도 뒤끝이 심한 편은 아니었다.

"그런데 아까 뭘 물어봤지?"

"제이크와 53번이요. 누가 이길까 해서요."

"네 생각은 어떤데?"

"글쎄요. 전 왠지 53번이 이길 거 같은데요."

"이유는?"

"그냥요. 느낌이 그래요."

"지금 그게 스카우터로서 할 소리야?"

"레이도 자주 그러잖아요. 감이 온다고."

"내 감은 30년간 스카우터를 한 경험에서 오는 거야. 이제 반년도 되지 않은 신참내기가 흉내 낼 게 아니라고."

"그러는 레이는 어떻게 생각하는데요?"

"흠……. 왠지 넘어가진 않을 것 같아. 하지만 따라잡긴 하겠지."

"그게 무슨 소리예요?"

존 하비는 레이 포인트의 말을 곧바로 이해하지 못했다. 그러다 한정훈이 3구째 날아든 커브를 쭉 밀어쳐 중견수 키를 넘기는 2루타를 때려내자 헉 하고 헛바람을 들이켰다.

"지, 지금 뭘 한 거예요? 예언? 예지 능력 같은 게 있었어요?"

"예언은 무슨. 그냥 경기 내용을 분석한 것뿐이야."

"대체 뭘 어떻게 분석하면 이런 걸 다 맞출 수 있는 거예요?"

"하하. 이 친구야. 그냥 운 좋게 맞은 것뿐이라고. 내가 정말 예언을 할 수 있었다면 지금쯤 못해도 구단주가 됐겠지. 안 그래?"

레이 포인트가 대수롭지 않다며 웃어넘겼다. 그러면서도 한편으로는 밀려드는 뿌듯함을 감추지 못했다.

"운이 좋았다는 말치고는 너무 좋아하는데요?"

"그럼. 한이 내 기대대로 쳐 줬잖아."

"헐, 지금 그것 때문에 기쁜 거예요?"

"당연한 거 아냐? 잘 생각해 봐. 양키즈와 챔피언십 시리즈를 치른다고 가정해 보자고."

"왜 하필 챔피언십 시리즈예요? 월드 시리즈도 있는데."

"쓸데없는 소리 말고 상상해 보라고. 지금처럼 양키즈의 에이스한테 끌려가고 있는데 마지막 순간에 쫓아갈 수 있는 기회를 만들었어. 그리고 믿음직한 타자가 타석에 들어왔지."

"그렇다면 다들 큰 거 한 방을 노리겠죠."

"그래. 여기서 베스트는 큰 거야. 경기를 뒤집고 팀에게 승리를 안겨줄 그 한 방. 하지만 클러치 상황에서 홈런을 때리기란 결코 쉽지 않지."

"상대도 홈런을 쉽게 맞아주려 하지 않을 테니까요."

"그럴 땐 기대치를 조금 낮춰야 해. 홈런은 일단 없다고 가정했을 때의 베스트 상황을 생각하는 거야."

"그게 아까 말한 거예요?"

"그래, 한의 장타력이라면 분명 외야 쪽으로 큰 타구를 날려줄 것 같았다고. 그리고 그 타구가 빠져나간다면 발이 빠른 두 명의 주자는 홈으로 들어오겠지."

"와우, 그런 걸 상상하다니 대단한데요?"

"지금까지 뭘 듣고 있었던 거야? 정말 대단한 건 그 열망을 현실로 만들어준 한이라고!"

"듣고 보니 그렇네요."

"두고 봐. 저 녀석이야말로 레드삭스의 전설이 될 테니까."

레이 포인트가 반짝거리는 눈으로 그라운드를 바라봤다.

그 순간.

따악!

강승혁이 힘껏 잡아당긴 타구가 1루수 옆을 꿰뚫었다.

"뛰어! 뛰라고!"

레이 포인트가 자신도 모르게 자리에서 벌떡 일어나 소리 쳤다. 그 소리를 듣기라도 한 듯 한정훈은 부지런히 3루를 돌 아 홈으로 내달렸다.

뒤늦게 공을 잡은 게런 베일이 곧바로 홈 송구를 시도했지 만 일찌감치 스타트를 끊은 한정훈을 막아내지 못했다.

"정훈아!"

"크아아! 이 자식!"

청소년 대표팀 선수들은 더그아웃 밖으로 나와 한정훈을 끌어안았다. 아직 경기가 끝난 게 아닌데도 마치 우승을 한 것 처럼 호들갑을 떨었다.

그 모습을 말없이 지켜보던 레이 포인트가 조용히 자리에 앉았다. 그러고는 이내 고개를 절레절레 흔들어 댔다.

"왜요? 미국이 지고 있다는 게 마음에 걸려요?"

존 하비가 슬쩍 눈치를 줬다. 메이저리그 스카우터에게 국 적은 무의미하다지만 미국 시민권자로서 미국의 패배에 환호 하는 건 지나쳐 보였다.

하지만 레이 포인트가 정말로 못 견디겠는 건 따로 있었다.

"한이 지금 몇 살이라고 했지?"

"16살일걸요?"

"젠장할. 앞으로 2년을 어떻게 기다리지?"

"헐……."

존 하비가 헛웃음을 흘렸다. 마이너리그를 씹어 먹은 유망주도 아니고 고작 아마추어 대회에서 실력 좀 뽐낸 아시아 선수를 두고 호들갑이라니. 정신과 치료를 권하고 싶은 충동이 일 정도였다.

그러나 30년 경력의 레이 포인트는 한정훈의 모든 게 마음에 들었다. 정확성과 인내심, 타고난 힘, 간결하면서도 힘 있는 스윙. 무엇보다 모든 구단에서 원하는 클러치 능력까지. 할 수만 있다면 당장에라도 한정훈을 미국으로 끌고 오고 싶었다.

'몇 년이면 될까? 1년? 2년? 아니야. 프로를 생략했으니 3년. 그래, 3년이면 충분할 거야.'

레이 포인트는 계속해 상상의 나래를 펼쳤다. 5년 후, 한정훈이 고등학교를 졸업하고 마이너리그를 거친 뒤 메이저리그에 올라온다면. 그리고 레드삭스의 중심 타선을 꿰찬다면!

'팬들은 더 이상 빅파피를 그리워하지 않게 되겠지.'

레이 포인트가 씩 웃었다. 이렇게 된 이상 한정훈에게 기필코 빨간 양말을 신겨야 할 것 같았다.

to be continued